김유신 – 전쟁터를 누비며 삼국통일의 불꽃이 되다

서연비람은 조선 시대 왕궁 내, 강론의 자리였던 서연(書筵)에서 강관(講官)이 왕세자에게 가르치던 경전의 요지를 수집하여 기록한 책(비람備覽)을 말합니다. 서연비람 출판사는 민주주의 국가의 주인인 시민들 역시 지속 가능한 과거와 현재, 미래의 이치를 깨우치고 체현해야 한다는 믿음으로 엄선한 도서를 발간합니다.

역사와 문학 비람북스 인물 시리즈

김유신 —전쟁터를 누비며 삼국통일의 불꽃이 되다

초판 1쇄 2022년 1월 15일
지은이 김종성
편집주간 김종성
편집장 이상기
펴낸이 윤진성
펴낸곳 서연비람
등록 2016년 6월 29일 제 2016-000147호
주소 서울시 강남구 도곡로 422, 5층
전자주소 birambooks@daum.net

ⓒ 김종성 2021, Printed in Korea.

ISBN 979-11-89171-37-7 44810
ISBN 979-11-89171-26-1 (세트)

값 9,800원

역사와 문학

비람북스 인물시리즈

김유신

전쟁터를 누비며 삼국통일의 불꽃이 되다

김종성 지음

서연비람

차례

머리말   7

1. 금관가야 왕족의 후예   11
2. 용화 향도의 화랑   23
3. 말의 목을 베다   34
4. 삼국통일의 꿈을 품고   38
5. 김유신과 호국 삼신   45
6. 김춘추와 문희   54
7. 낭비성 전투   68
8. 대야성 함락   76
9. 김유신과 김춘추의 약속   86
10. 비담의 난   95
11. 비녕자의 죽음   100

12. 김춘추의 대당 외교   106

13. 조미압과 고구려 간자   118

14. 기울어지는 백제   123

15. 황산벌 전투   138

16. 나·당연합군의 백제 침공   143

17. 기울어지는 고구려   156

18. 고구려의 멸망   170

19. 김유신과 문무왕   176

20. 나·당전쟁을 승리로 이끈 문무왕   179

평전 김유신 해설   195

김유신 연보   199

평전 김유신을 전후한 한국사 연표   203

참고 문헌   208

머리말

　고구려 · 백제 · 신라의 삼국은 영토를 확장하기 위해 서로 다투어 싸웠다. 삼국 가운데 제일 약체였던 신라가 삼국의 쟁투에 마침표를 찍고 삼국을 통일할 수 있었던 것은 누구보다도 김유신의 업적이 컸다고 할 수 있다. 김부식은 그가 편찬한 『삼국사기』의 「열전」 10권 가운데 3권을 김유신 1인에 할애하고 있다. 「열전」의 서두에 '김유신 열전'을 배치하는 등 김부식은 김유신을 가장 큰 비중으로 다루고 있다.

　김유신의 조상은 532년에 멸망한 금관가야(대가락 · 가락국 · 금관국 · 임나가라)의 왕족이었다. 『삼국사기』 · 『삼국유사』 등 역사서의 기록에 의하면, 김유신의 아버지는 각간 김서현, 할아버지는 각간 김무력, 증조할아버지는 구형왕, 고조할아버지는 겸지왕이었다. 김유신의 어머니는 만명부인이었다. 어머니의 증조할아버지는 지증왕이었고, 할아버지는 진흥왕의 아버지인 입종 갈문왕, 아버지는 숙흘종이었다.

　금관가야의 마지막 왕인 구형왕은 계화부인과의 사이에

아들을 셋 두었다. 법흥왕은 구형왕과 그 자식들을 진골로 편입시켜, 그가 다스리던 땅을 식읍으로 주었다.

구형왕의 자식들은 신라 사회에 어떻게 하든지 발을 붙이고 살려고 애썼다. 그들은 신라의 왕실로부터 신뢰를 얻기 위해 안간힘을 썼다. 신라 진골 귀족들이 가기를 꺼리는 국경 지역으로 가서 적들과 많은 전투를 벌였다. 구형왕의 맏아들인 김세종은 진지왕 2년(577년) 일선군 북쪽에서 백제 군사들을 격파하고 3천 7백여 급을 베는 전공을 세우는 등 신라 왕실의 신뢰를 얻어 대아찬, 파진찬, 이찬을 거쳐 상대등에 올랐고, 셋째아들 김무력은 신라가 백제 땅을 점령해 한강 이남에 신주를 설치할 때, 큰 공을 세워 신주의 군주가 되었고, 그 뒤 관등이 각간에 이르렀다.

신라의 왕족인 김숙흘종은 그의 딸 만명과 금관가야의 왕족인 김서현의 결혼을 허락하지 않았다. 당시 신라의 왕족들은 자신들의 결혼 대상을 자신들의 핏줄인 진골과 성골 이외에서는 구하지 않았다.

김유신이 태어난 곳인 만노군은 오늘날의 충청북도 진천이었다. 그곳에는 김유신의 태를 묻었다는 태령산이 있다. 김유신이 언제 만노군을 떠나 신라의 왕도인 금성으로 온 것인지 알 수 없다. 그는 태어난 뒤 유년기 시절 어느 즈음에 금성으로 온 것으로 추정된다.

정치적 실권을 쥐고 있던 김춘추는 확실하게 군권을 쥐고 있는 김유신의 도움이 필요했다. 전쟁터를 누비며 삼국통일의 불꽃이 된 김유신의 능력에 대해선 『삼국사기』 「열전」 '김유신' 조에 자세히 기록되어 있다. 김유신의 명성은 이미 당나라 태종조차 알고 있을 정도로 신라는 물론 당나라에까지 퍼져 있었다. 신라가 삼국통일을 하는데 결정적인 요인으로 작용한 것은 김춘추의 정치적 · 외교적 활동과 김서현 · 김유신의 군사적 능력 때문이었다.

지은이는 오래전부터 역사 인물에 관심을 가져 『인물한국사 이야기』 전 8권을 2004년에 출간한 바 있다. 『인물한국사 이야기』의 개정 증보판을 새롭게 펴내기 전에 한국사의 주요 인물에 대한 평전을 쓰기로 마음먹고 그 첫 번째 책으로 『김유신-전쟁터를 누비며 삼국통일의 불꽃이 되다』를 펴낸다.

2021년 11월 24일

저자 김종성

1. 금관가야 왕족의 후예

김유신(595년~673년)의 증조할아버지는 금관가야[1]의 마지막 왕 구형왕(재위: 521년~532년)이며, 할아버지는 김무력, 아버지는 김서현이었다. 그의 어머니는 만명부인이었다. 어머니의 증조할아버지는 지증왕(재위: 500년~514년)이었고, 할아버지는 진흥왕(재위: 540년~576년)의 아버지인 입종 갈문왕[2], 아버지는 김숙흘종이었다.

낙동강 하류 지역에서도 일찍부터 독립적인 정치 세력이 성장하고 있었다. 이들은 12개의 소국으로 나뉘어 있었다. 이 12개의 소국을 아울러 변한이라고 불렀다. 오늘날의 군

---

1 금관가야(金官加耶): 지금의 경상남도 김해를 중심으로 한 지역을 영역으로 했던 고대의 국가. 김수로왕이 서기 42년에 건국했다고 『삼국사기』와 『삼국유사』에 기록되어 있다. 전기가야연맹의 맹주(盟主)로 활약했던 금관가야는 가야국(『삼국사기』), 금관가야(『삼국유사』), 가락국(『삼국유사』), 대가락(『삼국유사』). 금관국(『삼국사기』), 남가야(『삼국사기』), 임나가라(광개토대왕비문, 진경대사탑비문) 등으로도 불렸다.

2 갈문왕(葛文王): 신라 때, 임금의 아버지나 장인 또는 친형제, 여왕의 남편 등에게 주던 봉작.

이나 읍면 단위 정도에 해당하는 국가들을 '작은 나라'라는 의미에서 소국이라고 부른다. 그 가운데 지금의 경상남도 김해 지방에 자리 잡고 있던 구야국이 가장 유력한 세력으로 떠올랐다. 가야는 문헌 기록에 여러 가지 이름으로 나타나는데, 가야 외에 구야 · 가라 · 가락 등의 이름이 전하고 있다. 이것들은 모두 '가야'의 다른 표기이다. 가야란 말의 뜻에 대해서는 '갈래'라는 견해, '강'이라는 견해, '겨레'라는 뜻을 가지고 있다는 견해 등 여러 가지 견해가 있다. 중국의 역사책 『삼국지』 「위서」 '오환선비동이전'에 나타나는 변진 12국이 가야에 속하는 나라들이다. 미리미동국3, 접도국, 고자미동국4반로국, 감로국5 악노국, 군미국, 미오야마국, 주조마국, 안야국6, 구야국7, 독로국8 등이 바로 그것이다.

　금관가야(42년~532년)가 2, 3세기경 전기 가야 연맹의

---

3 미리미동국(彌離彌凍國): 지금의 경상남도 밀양시 일대에 있던 가야 소국.
4 고자미동국(古資彌凍國): 지금의 경상남도 고성 일대에 있던 가야 소국.
5 감로국(甘路國): 지금의 경상북도 김천시 개령면과 감문면 일대에 있던 가야 소국.
6 안야국(安邪國): 지금의 경상남도 함안군 일대에 있던 가야 소국.
7 구야국(狗耶)): 지금의 경상남도 김해시 일대에 있던 가야 소국.
8 독로국(瀆盧國): 지금의 부산시 동구 일대에 있던 가야 소국.

중심 세력으로 떠오르게 된 것은 이곳으로 낙동강이 흘러가고 있어, 농사가 잘되었으며, 바다를 끼고 있어 해산물도 풍부하였다. 그리고 바다와 강물을 이용한 해상교통이 편리해 낙랑군 등 한 나라 군현이나 왜 등과 중계무역을 함으로써 금관가야가 경제적으로 크게 번영하였기 때문이다. 게다가 금관가야가 있던 김해와 그 부근 창원 지방과 양산 지방에는 철이 많이 생산되었다. 금관가야는 철제 기구를 사용함으로써 농업 생산력과 어업 생산력을 높이고 철제 무기를 개발함으로써 군사력을 키울 수 있었다. 전기가야 연맹의 중심 세력인 금관가야는 신라와 전쟁을 여러 차례 벌였는데, 이렇다 할 승부가 없었다. 경상남도 김해시 대성동 고분과 양동리 고분, 그리고 부산시 동래구 복천동 고분과 기장군 철마면 고촌리 고분 등에서 나온 유물은 금관가야의 국력과 왕권이 어느 정도 자랐음을 보여주고 있다.

4세기 말에서 5세기 초에 고구려와 백제와의 전쟁에서 백제 편에 가담했던 금관가야는 왜의 군사들을 끌어들여 신라를 침공했다. 금관가야와 왜 연합군의 침공을 받은 신라는 왕도 금성이 바람 앞의 등불처럼 위기에 처하게 되었다. 신라의 내물마립간(재위: 356년~402년)은 고구려 광개토왕(재위: 391년~413년)에게 구원을 요청했다. 광개토왕이 보병9과 기병10으로 이루어진 5만 명의 군사를 이끌고 내려와 금성에 가득 차 있던 금관가야 군사들과 왜의 군사들을 몰아내고, 후퇴하는 금관가야 군사들과 왜의 군사들을 뒤쫓아 금관가야의 왕성인 봉황성11 근처 종발성까지 쳐 내려갔다. 대부분 보병으로 구성된 금관가야와 왜의 연합군은 기병으로 구성된 고구려군과의 싸움에서 크게 졌다. 금관가야가 이 싸움에서 크게 짐으로써 금관가야는 고구려의 지원을 받은 신라에게 낙동강 건너편 땅인 부산 동래 지역을 빼앗겼다. 그 결과 봉황성 코앞에 신라성을 두게 된 꼴이 되었다. 그뿐만 아니라, 지금의 경상남도 양산 지역과 경상북도 성주와 김천 지역에 있던 가야 소국들이 신라 세력권으로 휩쓸려 들어가, 금관가야는 전기 가야 연맹의 중심으로서 세력을 잃게 되었다. 대신 내륙 지방에 위치해서 고구려군의 공격을 벗어나 있었기 때문에 전쟁의 피

---

9 보병(步兵): 육군의 주력을 이루는 전투 병과. 활과 창을 들고 도보로 전투에 참가한 군사.

10 기병(騎兵): 말을 타고 싸우는 군사.

11 봉황성(鳳凰城): 봉황토성(鳳凰土城). 금관가야의 중심 왕성이자 낙동강 하구와 남해안을 잇는 교역 창구로 사용된 거점성이다.

해를 덜 입은 반파국12이 서서히 세력을 키워 금관가야를 대신하여 중심 세력으로 떠올라, 5세기 후반 자타국13, 다라국14, 안라국15, 금관국, 고차국16 등 가야 소국들과 연합하여 후기 가야 연맹을 형성했다. 그러나 끝내 가야 소국들은 고구려·백제·신라 삼국과 같은 중앙집권 국가로서 정치적 발전은 이룩하지 못했다.

전기 가야 연맹의 중심 세력으로서 가야 연맹을 이끌었던 금관가야는 신라의 줄기찬 위협에 시달리고 있었다. 백제도 틈만 있으면 가야 소국들을 집어삼키려고 하였다. 대가야는 신라 쪽으로 기울고 있었다. 구형왕의 아버지는 겸지왕(재위: 492년~521년)이며, 어머니는 각간 출충의 딸인 숙(淑)이다. 구형왕은 백제와 신라의 눈치를 살피며 금관가야를 끝까지 지키려고 고군분투하고 있었다.

구형왕 10년(531년), 봉황성에 있는 연자루가 커다란 소

---

12 반파국(伴跛國):지금의 경상북도 고령군 일대에 있던 가야 소국. 대가야.
13 자타국(子他國): 지금의 경상남도 거창군 일대에 있던 가야 소국. 자탄(子呑).
14 다라국(多羅國): 지금의 경상남도 합천군 일대에 있던 가야 소국.
15 안라국(安羅國): 지금의 경상남도 함안군 일대에 있던 가야 소국. 아라가야.
16 고차국(古嵯國): 지금의 경상남도 고성군 일대에 있던 가야 소국. 고자미동국. 소가야.

리를 내며 울었다.

"연자루가 울다니, 괴이한 일이야."

금관가야 사람들은 두서너 명만 모여도 연자루 이야기를 했다. 나라 안이 온통 뒤숭숭해졌다.

한편 중앙집권 체제를 완전하게 갖춘 법흥왕(재위: 514년 ~540년)은 율령을 만들어 널리 펴고, 병부17와 상대등18을 새로 설치했다. 상대등 설치는 이전보다 국왕의 권력이 강화되었음을 나타내는 것이었다. 그러나 아직도 국왕이 귀족들로부터 상당한 제약을 받았다는 것을 말해주는 것이기도 했다. 법흥왕이 상대등을 설치한 것은 왕권과 귀족 세력 간 타협의 산물이라 할 수 있다.

백제가 낙동강 하류 지역으로 세력을 뻗쳐오자 법흥왕은 불안해졌다. 법흥왕은 장군 이사부19에게 금관가야를 정복하도록 명령을 내렸다. 이사부가 군사를 이끌고 낙동강을 건너 금관가야를 공격하기 시작했다. 구형왕은 군사를 이끌고 나가 싸웠다. 낙동강을 사이에 두고 전투가 벌어졌다.

---

17 병부(兵部): 신라 때, 군사에 관한 일을 맡아보던 관아.
18 상대등(上大等): 신라 때의 최고 벼슬로, 정권을 맡은 대신. 상신(上臣).
19 이사부(異斯夫): 신라의 실직주군주, 병부령 등을 역임한 관리. 장군, 정치가.

고구려 군사 5만 명과 싸웠던 금관가야 군사들이었다. 그러나 금관가야 군사들은 숫자가 워낙 적었다. 신라 군사들이 낙동강을 건너 진격해오자, 금관가야 군사들은 봉황성으로 후퇴했다. 급기야 금관가야는 신라군에 북쪽 국경의 4촌을 빼앗기고 말았다.

구형왕은 신라에 항복할 것을 결심하고, 뒷일 처리를 동생 탈지에게 맡겼다. 구형왕은 왕비와 아들 셋과 함께 국보를 가지고 신라의 법흥왕에게 항복했다. 구형왕 11년(532년)의 일이었다. 이로써 금관가야는 42년 김수로왕이 금관가야를 세운 지 490년 만에 멸망하게 되었다. 신라는 낙동강 수로를 장악할 기회를 잡고, 가야 영역의 전체를 침탈할 전초기지를 마련하게 된 셈이었다.

구형왕은 계화부인과의 사이에 아들을 셋 두었다. 구형왕의 첫째아들의 이름은 김세종이고, 둘째 아들의 이름은 김무덕이었으며, 셋째 아들의 이름은 김무력이었다. 이들 가운데 김무력이 김유신의 할아버지였다. 법흥왕은 구형왕을 진골[20]

---

20 진골(眞骨): 신라 때 골품(骨品)의 하나. 부모 가운데 어느 한쪽이 왕족의 혈통을 지니고 있는 사람으로, 태종 무열왕에서 혜공왕까지의 왕과 신라로 편입된 금관가야의 구형왕과 그 자식들이 이에 속함.

로 편입시켜, 금관가야 땅을 그에게 식읍21으로 주고 그의 아들 셋에게도 벼슬을 주었다. 하지만 구형왕과 그 자식들은 신라 진골처럼 대우를 받지 못했다.

구형왕의 자식들은 신라 사회에 어떻게 하든지 발을 붙이고 살려고 몸을 아끼지 않고 활동했다. 그들은 군인이 되어 신라 진골 귀족들이 가기를 꺼리는 국경 지역의 전쟁터로 가서 적들과 전투를 벌였다. 그들 중 한 사람이 신라가 백제의 성왕과 관산성22에서 싸울 때 응원군을 보냈던 신주23의 군주24 김무력이었다. 그는 신주도 행군 총관이었다. 「단양 적성비」에 무력지 아간지로 기록된 후에 「창녕 진흥왕 척경비」에 무력지 잡간으로, 「북한산 진흥왕 순수비」에 무력지 잡간25으로, 「마운령 진흥왕 순수비」에 무력지 잡간으로 기록되어 있다. 「단양 적성비」의 기록에 따르면 554년에 그는 관산성 전투에서 크게 승리했다. 이 전투에서 백제 성왕(재

---

21 식읍(食邑): 국가에서 공신에게 내리어, 조세를 개인이 받아 쓰게 하던 고을. 식봉(食封).
22 관산성(管山城): 지금의 충청북도 옥천군 군서면에 있었던 백제와의 격전지인 신라의 성곽.
23 신주(新州): 6세기 중엽 신라가 지금의 경기도 광주시 지역에 설치한 주.
24 군주(軍主): 신라 때, 각 주의 군대를 통솔하던 으뜸 벼슬.
25 잡간(迊干): 신라 때, 17관등 가운데 셋째 등급의 벼슬을 이르던 말.

위: 523년~554년)과 좌평26 4명, 병졸 2만 9천 600명의 목숨을 빼앗는 전과를 올렸다. 진흥왕 때 한강 유역으로 진출하는 데 큰 공을 세워 진흥왕 14년(553년)에 아찬27으로서 신주의 군주가 되었다. 그리고 그다음 해에는 관산성 전투에서 백제의 성왕을 전사시키는 등의 공을 세웠다.

김무력의 아들 김서현이 길에서 김숙흘종의 딸 만명을 보고, 한눈에 반하게 되었다. 두 사람은 사랑하는 사이가 되었다. 마침내 두 사람은 중매를 거치지 않고 결혼하였다. 김서현이 신라 국경 지대인 만노군의 태수28가 되어 장차 만명과 함께 떠나려고 하였다. 이때 비로소 김숙흘종은 그의 딸 만명이 김서현과 몰래 결혼한 것을 알고 펄펄 뛰었다.

"만명을 당장 딴 방에 가두고 사람들로 하여금 지키도록 하라."

김숙흘종이 만명을 가리키며 소리쳤다.

신라 왕족들은 금관가야 왕족을 신라의 귀족 계급인 진골로 받아들여 주긴 했다. 그러나 신라 왕족들은 자신들의

---

26 좌평(佐平): 백제 때, 십육품 관등(十六品官等)의 첫째 등급.
27 아찬(阿湌): 신라 때, 17관등(官等) 가운데 여섯째 등급.
28 태수(太守): 신라 때 각 고을의 으뜸 벼슬.

결혼 대상을 자신들의 핏줄인 진골과 성골 이외에서는 구하지 않았다.

신라 왕족인 김숙흘종은 성골29 김씨 중에서도 격이 높았다. 그는 입종 갈문왕과 지소부인의 아들이었다. 그의 형 김삼맥종은 큰아버지이자 외할아버지가 되는 법흥왕의 뒤를 이어 진흥왕으로 즉위했다. 김숙흘종은 금관가야의 왕족인 김서현과 만명의 결혼을 허락하지 않았다.

그런데 갑자기 만명이 갇혀 있는 방에 벼락이 떨어져 방문이 떨어져 나갔다. 만명을 지키던 사람들이 놀라 허둥대었다. 그녀는 그 틈을 타서 집을 빠져나왔다. 그녀는 김서현의 집으로 도망쳤다.

"빨리 갑시다."

김서현이 말고삐를 잡으며 말했다.

그들은 강을 건너 들판을 지났다. 마침내 만노군30에 도착해, 보금자리를 꾸몄다.

만노군을 다스리고 있던 어느 날 밤에 김서현은 이상한 꿈

---

29 성골(聖骨): 신라 때 골품(骨品)의 하나. 부모가 다 왕족의 혈통을 지니고 있는 사람.

30 만노군(萬弩郡): 지금의 충청북도 진천군.

을 꾸었다. 형혹성31과 진성32 두 별이 자신에게 내려오는 것이었다. 만명 역시 밤에 꿈속에서 금빛 갑옷을 입은 동자가 구름을 타고 집 대문 앞에 내리더니 마당으로 들어오는 것을 보았다. 두 사람이 꿈 이야기를 나눈 지 얼마 되지 않아 만명 부인에게 태기33가 있었다. 그녀는 몸가짐을 더욱 조심하였다. 임신한 지 20개월 만에 아기가 태어났다. 이때가 바로 신라 진평왕(재위: 579년~632년) 17년인 595년이었다.

"내가 경진일34 밤에 길몽35을 꾸어 이 아이를 얻었으니 마땅히 이로써 이름을 지어야 합니다. 그렇지만 『예기』36에 따르면 날짜로써 이름을 짓지는 않는다고 하던데, '경(庚)' 자는 '유(庾)' 자와 서로 모양이 비슷하며 '진(辰)'과 '신(信)'은 소리가 서로 가까우며, 옛날의 어진이 중에 유신(庾信)37이

---

31 형혹성(熒惑星): 화성(火星).

32 진성(辰星): 수성(水星).

33 태기(胎氣): 아이를 밴 낌새.

34 경진일(庚辰日): 일진이 경진인 날로, 육십갑자(六十甲子)의 17번째 날을 말한다.

35 길몽(吉夢): 좋은 조짐이 되는 꿈.

36 예기(禮記): 5경의 하나로, 고대 중국의 예(禮)에 관한 기록과 해설을 정리한 유교 경전.

37 유신(庾信, 512년~580년): 중국 남조(南朝)의 양(梁)과 북주(北周)에서 활동한 문인. 『유자산문집(庾子山文集)』 20권이 있다.

라는 이름도 있으니 어찌 그렇게 이름 짓지 않겠습니까."

김서현이 만명에게 말했다.

이리하여 김서현은 아들의 이름을 유신이라고 지었다.

마을 사람들은 큰 인물의 태가 묻힌 상서로운 산이라 하여, 김유신의 태를 묻은 태령산을 길상산이라고도 불렀다. 『신증동국여지승람』[38]에는 이 산을 태령산 또는 길상산이라 한다고 기록되어 있고, 『택리지』[39]에는 태령산이라고 기록되어 있다.

금관가야 시조 김수로왕은 김유신의 조상이었으며, 신라의 제13대 왕 미추 이사금(재위: 262년~284년)은 김유신 어머니의 조상이었다.

김유신이 언제 만노군을 떠나 신라 왕도인 금성[40]으로 온 것인지 알 수 없다. 그는 태어난 뒤 유년기 시절 어느 즈음에 금성으로 온 것으로 추정된다.

---

38 신증동국여지승람(新增東國輿地勝覽): 조선전기의 문신 이행·윤은보 등이 『동국여지승람』을 증수하여 1530년에 편찬한 지리서.

39 택리지(擇里志): 1751년 실학자 이중환이 전국의 현지답사를 토대로 편찬한 지리서.

40 금성(金城): 지금의 경상북도 경주시.

2. 용화 향도의 화랑

　진평왕 31년(609년) 어느 날 김유신은 15세에 정식으로
화랑이 되었다. 화랑도의 구성에서 특이한 것은 화랑도를
구성하는 사람들이 구성원들의 자발적인 참여 아래 맹세하
고 약속을 하는 형식 절차를 거쳐서 조직된다는 점이다. 화
랑과 낭도로 조직된 화랑도는 15세~16세의 귀족 출신 청
소년들로 구성되어 있었는데, 그 수가 적을 때는 수백 명이
었고, 많을 때는 1천 명을 넘었다. 그들은 무리를 지어 신
라에서 이름난 산과 큰 내를 찾아다니며 나라의 안녕과 발
전을 기원하며 노래와 춤을 즐겼다.

　중앙집권 체제를 강화했던 진흥왕은 서쪽으로 한강 유역
을 무력으로 차지하고 북쪽으로 함경도 일대까지 진출했으
며 남쪽으로 대가야를 비롯한 가야 소국들을 병합했다. 이
로써 명실상부한 삼국시대가 정립되어 고구려 · 백제 · 신라
가 서로 국가의 존망을 걸고 전쟁을 계속했다. 잦은 전쟁으
로 인해 병사들의 희생이 가중되었다. 인재 양성의 필요성
을 절감하게 된 진흥왕은 원화라는 제도를 두었다. 이것은

청소년들을 공동의 숙소에서 집단생활을 시키며 몸과 마음을 단련시켜 단체정신이 매우 강한 청소년으로 양성하는 것을 목적으로 했다. 『삼국사기』 권4 「신라본기」4 '진흥왕 37년' 조에 원화 제도에 대한 기록이 보인다.

진흥왕 37년(576년) 봄, 처음으로 원화를 받들었다. 처음에 임금과 신하들이 인재를 알아볼 방법이 없는 것을 걱정하다가, 사람들 여럿을 모아 무리 지어 놀게 하고 그들의 행동거지를 살펴본 다음 천거하여 쓰고자 하였다. 이리하여 미녀 두 사람을 뽑았다. 한 사람은 남모요, 또 한 사람은 준정이었다. 3백여 명의 무리가 모여들었다. 그런데 두 여자가 미모를 다투어 서로 질투하다가, 준정이 남모를 자기 집으로 유인하여 그녀에게 억지로 술을 권하여 취하게 한 다음 끌고 가서 강물에 던져서 죽였다. 이에 준정은 사형에 처해졌고, 그 무리도 화목을 잃어 뿔뿔이 흩어지고 말았다. 그 뒤에 다시 잘생긴 남자를 골라 단장하고 꾸며 '화랑'이라 이름 짓고 그들을 받들게 되었다. 낭도 무리가 구름처럼 몰려들었다. 도의를 서로 연마하고 혹은 노래와 음악을 서로 즐겼다. 산과 물을 찾아 노닐어 멀리까지 이르지 않은 곳이 없었다. 이로 인하여 그 사람됨의 바름과 그름을 알게 되어, 그 가운데 훌륭한 이를 가려서 조정에 천거하였다. 이런 까닭에 김대문[1]은 『화랑세기』[2]에서 말하기를, "어진 보필자와 충성스러운 신하가 이로부터 나왔고, 훌륭한 장수와 용감한 병사가 여기에서 생겨났다."라고 하였던 것이다. 최치원[3] 은 「난랑비」[4] 서문에서 말하기를 "나라에 오묘한 도가 있으니 이를 풍류라 한다. 가르침을 베푼 근원이 선사[5] 에 상세히 실려 있는데, 실로 3교를 포함하고 있으니 뭇 생명을 교화한다. 이를테면 집에 들어가서는 효도하고 나아가서는 나라에 충성하는 것은 노나라[6] 사구[7]의 가르침

---

1 김대문(金大問): 『계림잡전』, 『화랑세기』, 『고승전』 등을 저술한 문장가이다. 신라의 진골로 성덕왕 3년(704년)에 한산주(漢山州) 도독을 역임했다.

2 화랑세기(花郎世記): 현재 전하지 않기 때문에 정확한 내용을 알 수 있다. 『삼국사기』「열전」에서 화랑으로 알려진 인물들에 관한 기록의 기본 원전은 『화랑세기』일 가능성이 높다고 보인다.

3 최치원(崔致遠, 857년~?): 남북국시대 통일신라의 『계원필경』, 『법장화상전』, 『사산비명』 등을 저술한 학자. 문장가.

4 난랑비(鸞郞碑): 난랑이란 화랑을 기념하기 위해 세운 비석으로 추정되나, 현재 전하지 않는다.

5 선사(仙史): 선(仙)은 국선(國仙), 곧 화랑을 지칭하는 것으로 보이므로, 선사는 화랑의 역사서로서, 김대문의 『화랑세기』라고 추정하는 견해가 있다.

6 노(魯)나라: 중국 춘추전국시대(春秋戰國時代)의 여러 나라 가운데 하나이다.

7 사구(司寇): 사구는 중국의 고대 왕조인 하(夏)·은(殷)·주(周) 3대에 형옥(刑獄)을 맡은 6경(卿) 가운데 하나이다. 공자(孔子)는 50세 때인 노(魯)나라 정공(定公) 9년에 대사구(大司寇)에 임명된 적이 있으므로, 공자를 지칭하여 사구라 하였던 것이다.

이고, 아무런 작위적인 일이 없는 가운데서도 말로 표현할
수 없는 가르침으로 행하는 것은 주나라8 주사9의 받듬이
고, 모든 악(惡)을 짓지 않고 모든 선(善)을 받들어 행하는
것은 인도 축건태자10의 교화함인 것이다."라고 하였다.

　『삼국사기』의 기록에 따르면 원화 제도가 실패로 돌아간
뒤 대신하여 내놓은 화랑도가 단체정신이 매우 강한 청소
년으로 양성하여 국가에 필요한 인재를 등용하는 목적을
달성했다는 것을 알 수 있다. 화랑도의 기원에 대하여 『삼
국유사』에서도 『삼국사기』와 마찬가지로 원화 제도가 시행
된 시기를 진흥왕대로 기록하고 있다. 『삼국유사』 권3 「탑
상」 '미륵선화 미시랑과 진자사' 조에 다음과 같은 기록이
보인다.

---

8 주(周, 기원전 1046년~기원전 256년)나라: 고대 중국의 왕조로, 하(夏)나라와
　은(殷)나라를 이어 존재했던 왕조이다.
9 주사(柱史): 주사는 주하사(柱下史)의 약칭으로, 중국 주(周)나라 장서실(藏書室)
　의 일을 맡아보던 관직이다.
10 축건태자(竺乾太子): 석가모니. 축건은 천축(天竺), 곧 인도의 별칭이다. 석가모
　니가 인도 카필라성(Kapila城)에서 정반왕(淨飯王)과 마야(摩耶)부인의 아들로
　태어났으므로, 그를 일컬어 축건태자라 하였다.

제24대 진흥왕의 성은 김씨이고, 이름은 삼맥종 또는 심맥종이라 한다. 진흥왕 원년(540년)에 왕위에 올랐다. 그는 큰아버지인 법흥왕의 뜻을 흠모하여 한마음으로 불교를 받들어 널리 사찰을 창건했으며, 많은 사람을 제도하여 승려가 될 수 있도록 했다. 진흥왕은 그 천성이 풍류가 있어서 신선을 숭상했다. 그는 민간의 처녀들 가운데 아름다운 이를 뽑아서 원화로 삼았다. 이것은 무리를 모아 인재를 뽑고 그들에게 효제충신11의 도리를 가르치기 위해서였다. 그것은 또한 나라를 다스리는 중요한 깨달음이기도 하였다. 비로소 남모랑과 교정랑 두 원화를 뽑아 세우자, 모인 무리가 3, 4백 명이나 되었다.

이어서 『삼국유사』 권3 「탑상」 '미륵선화 미시랑과 진자사' 조에는 미륵선화 미시랑의 화현12에 대해 자세히 기록되어 있다.

---

11 효제충신(孝悌忠信): 부모에 대한 효도, 형제 사이의 우애, 임금에 대한 충성, 벗 사이의 믿음을 통틀어 이르는 말.
12 화현(化現): 부처나 보살이 중생을 교화하고 구제하려고 여러 가지 모습으로 변하여 세상에 나타남.

진지왕(재위: 576년~579년) 대에 이르러 흥륜사의 스님 진자가 항상 법당의 미륵상 앞에 나아가 소원을 빌며 맹세했다.

"우리 미륵께서 화랑으로 몸을 바꾸어 이 세상에 나타나시어 제가 항상 그 모습을 가까이에서 뵙고 모실 수 있게 해주소서."

진자의 간곡한 정성이 날이 갈수록 깊어졌다.

"네가 웅천13 수원사14에 가면 미륵선화를 볼 수 있을 것이다."

어느 날 밤 꿈에 한 스님이 나타나 말했다.

깜짝 놀라 잠을 깬 진자는 기쁜 마음에 그 절을 향해 떠났다. 열흘에 걸쳐 한 걸음마다 한 번씩 절을 하며 수원사에 이르렀다. 이때 절 문밖에 곱게 생긴 소년이 기다리고 있다가 반가운 눈웃음으로 진자를 맞이하여 작은 문으로 들어가 객실로 안내했다.

"그대는 나를 모르는데, 어찌 이리도 나를 융숭하게 접대하는 것인가."

---

13 웅천(熊川): 지금의 충청남도 공주시.
14 수원사(水源寺): 충청남도 공주시에 있던 백제의 사찰.

진자가 마루에 올라가 물었다.

"나 역시 서라벌 사람입니다. 스님이 먼 곳에서 오신 것을 보고 맞이했을 뿐입니다."

소년이 갑자기 문밖으로 나갔다. 간 곳을 알 수 없었다. 진자는 이상하게 여기지 않았다. 그냥 우연한 일일 뿐이라고 생각했다.

"잠시 저 말석에서 미륵선화를 기다리고자 하는데 어떻겠습니까?"

수원사 스님에게 꿈 이야기와 여기에 온 뜻을 말했다.

"여기서 남쪽으로 가면 천산이 있소. 예로부터 그곳에 현인과 철인들이 머물러 있다고 하오. 어째서 그곳에 가지 않습니까?"

스님들이 진자의 은근하고 진실한 태도를 보고서 말했다.

진자는 스님들의 말대로 산 아래에 갔다.

"여기에 무엇 하러 오게 되었소?"

산신령이 노인으로 변신하여 그를 맞이하며 말했다.

"미륵선화를 만나려고 왔습니다."

"저번에 수원사 절 문밖에서 이미 미륵선화를 만나보았는데 다시 누구를 찾으러 왔단 말이오?"

진자는 그 말에 놀랐다. 지체 없이 수원사로 돌아왔다.

"그 소년이 자기 스스로 서라벌 사람이라 했으니 성인[15]은 본래 거짓말을 하지 않거늘 어찌 성안에서 찾아보지 않는가?"

달포쯤 지난 뒤에 진지왕이 그 소식을 듣고 진지왕이 진자를 불러 그 연유를 물어보고 말했다.

진자가 무리를 모아 금성의 민간 집을 두루 돌아다니며 미륵선화를 찾아 나섰다. 그러던 중 단장을 곱게 하고 용모가 수려한 소년이 영묘사 동북쪽 길가 나무 아래를 거닐며 놀고 있었다.

"이분이 미륵선화이시다."

진자가 그를 목격하고 달려가 말했다.

"그대의 집은 어디에 있으며 성씨가 무엇인지 듣고 싶소."

진자가 그에게 다가가서 물었다.

"내 이름은 미시입니다. 어려서 부모님이 돌아가서 성이 무엇인지 모릅니다."

진자는 소년을 가마에 태워 가지고 대궐로 들어가서 진지왕을 만났다. 그러자 진지왕이 그를 국선으로 삼았다. 그 후 그는 자신을 따르는 화랑 무리와 서로 화목하게 지냈다.

---

15 성인(聖人): 신앙과 덕이 특히 뛰어난 사람.

예의를 지키며 세상 사람들을 가르치는 것이 보통 사람과 달랐다. 그의 풍류가 세상에 빛을 발한 지 7년쯤 되었다. 홀연히 그가 자취를 감추었다. 진자는 몹시 슬퍼했다. 그러나 진자는 그 미륵의 자비로운 은혜를 입고, 가까이 모셔 그의 훌륭한 가르침을 받았다. 그리하여 그는 자신의 잘못을 뉘우치고 평생 한마음으로 도(道)를 닦는 일에 힘썼다. 만년에 그가 어디에서 세상을 떠났는지 알 수 없다.

원화 제도는 화랑의 무리를 일컫는 화랑도의 모체로 알려져 있다. 화랑도가 조직된 초기에는 그 조직도 간단한 것이었다. 그 우두머리인 화랑이 있고, 그 밑에 낭도가 있었다. 신라가 삼국통일을 이룩할 때까지 큰 역할을 한 화랑도는 군사적 측면에서 볼 때도 군인의 보충을 목적으로 모병할 때 중요한 역할을 했다.

원광법사가 화랑들인 귀산과 추항에게 베푼 가르침인 세속오계16는 화랑오계라고도 했다. 임금에게 충성해야 한다

---

16 세속오계(世俗五戒): 신라 진평왕 때 원광법사가 지은 화랑의 다섯 가지 계율.
곧, 사군이충(事君以忠)·사친이효(事親以孝)·교우이신(交友以信)·임전무퇴(臨
戰無退)·살생유택(殺生有擇)을 이름.

는 사군이충, 부모에게 효도해야 한다는 사친이효, 벗과는 믿음으로 사귀어야 한다는 교우이신, 싸움에 나가서 물러남이 없어야 한다는 임전무퇴, 살아 있는 것을 죽일 때에는 때와 장소를 가려야 한다는 살생유택 등 화랑이 지켜야 했던 다섯 가지 계율이었다.

세속오계는 '충(忠)·효(孝)·신(信)·용(勇)·인(仁)'이라는 다섯 가지 항목을 강조하고 있다. 그 가운데 화랑들이 가장 중시한 것은 '충(忠)'이었다. 기록에 남아 있는 화랑으로는 사다함·김유신·관창·원술랑·비녕자·죽지랑 등이 있다. 화랑 중에서도 김유신이 가장 대표적인 화랑으로 꼽혔고, 세상 사람들로부터 칭찬을 한몸에 받았다. 이들은 모두 나라의 존망을 걸고 고구려·백제·신라, 삼국이 싸우던 시기에 활동한 화랑들이었다. 세속오계는 사회에서 권장되는 효도, 우애까지 망라하고 있고, '살아 있는 것을 죽일 때에는 때와 장소를 가려야 한다'는 살생유택을 통해 생명을 중시하는 불교사상도 반영하고 있다.

김유신이 거느린 낭도 무리를 용화 향도라고 불렀다. 이 용화는 불교 미륵 신앙에서 미래의 이상 세계를 불러올 미륵보살17이 용화수 아래에 내려온다는 데서 따 온 것이다. 청소년 수련 단체인 화랑도는 신라의 위기 상황에 군부대에 배속되어 작전에 동원되기도 했던 전사 단체였다. 화판·선랑·국선·풍월주 등으로 불리기도 한 화랑이라는 말은 '꽃처럼 아름다운 남자'라는 뜻이다.

---

17 미륵보살(彌勒菩薩): 도솔천(兜率天)에 살며, 56억 7천만 년 후에 성불(成佛)하여 이 세상에 내려와 제2의 석가로 모든 중생을 제도(濟度)한다는 보살. 미륵불. 미륵자존(慈尊).

3. 말의 목을 베다

김유신이 화랑이 되어 수련을 쌓기 시작한 지도 어느덧 3년이 지났다. 그날 용화 향도들은 함께 어울려 꽃구경을 나섰다. 토함산 기슭을 훑기도 하고 계림 숲속을 거닐기도 했다. 온종일 산으로 들로 쏘다닌 용화 향도들은 집으로 돌아오는 길에 술집을 찾아갔다. 그 술집에는 이름이 천관[1]인 아름다운 여자가 있었다. 김유신은 첫눈에 그녀가 마음에 들었다. 비록 술을 파는 여자였지만 천관은 얼굴이 아름답고 마음씨가 고왔으며 훌륭한 집안에서 자란 여인처럼 예의범절을 갖출 줄 알았다. 그날부터 김유신은 자주 천관을 보러 그 술집을 찾아갔다. 김유신의 집과 천관녀의 술집은 가까이 자리 잡고 있었다.

「천관녀 설화」가 수록된 책은 『파한집』[2], 『신증동국여지

---

1 천관(天官): 삼국시대 신라의 향가 「원사(怨詞)」를 지은 기녀. 천관녀(天官女)라고도 한다.
2 파한집(破閑集): 고려시대 문신 이인로(152년~1220년)가 시평·서필담(書筆談)·수필·시화 등 83편을 수록한 시화집. 시화·잡록집.

승람』, 『동경잡기』3가 있다. 그중에서 『파한집』에 실려 있는 내용이 가장 오래되었다.

김유신은 계림4 사람이다. 그의 혁혁한 업적은 국사에 실려 있다. 어렸을 때 날마다 어머니가 함부로 사귀어 놀지 말 것을 엄하게 가르쳤다. 하루는 그가 기생집에서 자고 돌아왔다.

"나는 이미 늙었다. 네가 성장하여 공명을 세우고 임금과 어버이를 위해서 영예롭게 되기를 밤낮으로 축원했다. 이제 네가 도고5의 젊은이들과 어울려 다니면서 기생집과 술집을 들락거리느냐?"

어머니가 이를 알고 꾸짖으며 슬피 울었다.

"이후로는 결코 그 집 문 앞도 지나가지 않겠습니다."

김유신이 곧 어머니 앞에서 굳게 맹세했다.

김유신이 어느 날 술에 취하여 집으로 돌아오다 말이 전

---

3 동경잡기(東京雜記): 1845년(헌종 11년) 경주부윤 성원묵이 증보·간행한 경주의 지지.
4 계림(鷄林): 경주(慶州)의 옛 이름.
5 도고(屠沽): 도살을 업으로 삼는 집과 술을 파는 집.

에 다니던 길을 따라 기생집으로 잘못 들어갔다. 기생은 한편으로 기쁘지만, 한편으로 원망스러워 눈물을 흘리면서 나와 그를 맞아들였다. 김유신은 정신이 바짝 들었다. 탔던 말의 목을 베고 안장을 팽개친 채 돌아왔다.

기생이 원한에 사무친 노래 한 곡을 지었다. 동도6에 천관사라는 절이 있는데 그 절이 곧 그녀의 집이었다. 상국 이공승7이 동도에 관기8로 부임해서 천관사에 대하여 다음과 같이 읊었다.

천관사란 절 이름에는 옛 사연이 있나니,
홀연히 처음 일을 들어 보니 처연하네.
다정한 공자9가 꽃 밑에서 노니는데,
원한을 품은 가인10은 말 앞에서 울었다네.
붉은 말은 정이 있어 옛길을 알고 찾아갔건만,

---

6 동도(東都): 지금의 경상북도 경주 지방을 가리킨다.
7 이공승(李公升, 1099년~1183년): 고려 시대 추밀원지주사, 한림학사, 중서시랑 평장사 등을 역임한 관리. 문신.
8 관기(官記): 문독(文牘)을 장리하는 벼슬. 서기.
9 공자(公子): 지체가 높은 집안의 나이 어린 아들.
10 가인(佳人): 아름다운 여자. 미인(美人).

마부는 무슨 죄로 부질없이 채찍인가.

오직 한 곡조의 가사 묘한 것이 남아 있어,

달빛과 같이 잠들어 만고에 전해지고 있구나.

천관이란 그 기생의 호11이다.

'천관'이라는 이름으로 볼 때 천관녀는 기녀가 아니라 신라의 토속신을 모시던 여사제12였을 것이라는 견해도 있다. 경주시 교동 오릉과 장두산 사이에 있는데 사적 제340호로 지정된 천관사지에 '천관사'가 있었던 것은 사실이므로 천관녀가 살던 집터에 김유신이 자신을 연모하다가 죽은 천관녀를 위해 '천관사'란 절을 세웠다는 것 또한 사실일 가능성이 있다.

---

11 호(號): 본명이나 자(字) 이외에 쓰는 이름. 당호. 별호.
12 여사제(女司祭): 여자로서 종교상의 제례 의식을 맡아서 주관하는 사람.

4. 삼국통일의 꿈을 품고

　진평왕 28년(611년) 김유신의 나이 17세가 되었다. 당시 신라는 서쪽에서는 백제가, 북쪽에서는 고구려와 말갈[1]이 신라의 국경을 침범해 오는 일이 잦았다. 그는 백제, 그리고 고구려와 말갈 군사들이 신라 강토를 침범해 오는 것을 보고 몹시 괴로워했다. 김유신은 의분이 북받쳐 적들을 평정할 뜻을 가지고 홀로 중악의 울창한 숲속으로 들어갔다. 대낮에도 햇빛이 들지 않을 만큼 숲이 울창했다. 숲 사이로 작은 개울이 흐르고 있었다.

　김유신은 개울로 들어가 목욕을 깨끗이 하고 개울 옆 넓적한 바위에 자리 잡고 앉았다. 그는 천지신명[2]에게 신라를 보살펴달라고 빌었다.

　"적국들이 도의가 없이 승냥이와 호랑이가 되어 우리 강토를 어지럽히니 신라의 백성들은 불안에 떨고 있습니다.

---

1 말갈(靺鞨): 고구려 지배하에 있던 영서 지역의 말갈 세력을 의미한다.
2 천지신명(天地神明): 천지의 조화(造化)를 맡은 신령(神靈).

저는 일개 미천한 신하로서 재주와 힘은 보잘것없으나 나라의 환란을 없애고자 하는 뜻을 품고 있사오니, 바라옵건대 하늘은 굽어살피사 적들의 침범을 막을 수 있도록 도와주소서."

김유신은 조금도 흐트러짐 없이 하늘에 기도를 드렸다.

하늘에 간절한 마음으로 기도하고 또 기도를 드린 지 나흘째 되는 날이었다. 갑자기 거친 베옷을 입은 난승[3]이 긴 지팡이를 짚고 나타났다. 그의 둥근 얼굴에는 상서로운 기운이 감돌고 있었다. 김유신은 꿈인지 생시인지 몰라 자신의 볼을 꼬집어보았다. 아무래도 꿈은 아닌 것 같았다.

"이곳에는 독이 많은 벌레와 사나운 짐승들이 많으므로 두려워할 곳인데, 귀한 소년이 혼자 깊고 깊은 산속으로 온 것은 무슨 까닭인가?"

난승이 물었다.

"저는 김유신이라는 신라 사람입니다. 나라의 원수를 보

---

3 난승(難勝): 김유신이 삼국통일에 뜻을 품고 석굴에 들어가 기원할 때 나타난 선인(仙人).

고 마음이 상하고 머리가 아픈 까닭에 용기를 얻기 위하여 이렇게 산속에 들어왔습니다."

김유신이 대답했다.

"어린 몸에 갸륵하구나."

"어르신께서는 어디서 오셨습니까? 어르신의 존함을 알려주실 수 있겠습니까?"

"나는 일정하게 사는 곳이 없고 가고 오는 것은 인연에 따라 한다. 이름은 난승이라고 한다."

난승이 천천히 말했다.

김유신은 그 말을 듣고 범상치 않은 사람인 줄 알고, 그 앞에 엎드려 절을 하였다.

"저는 신라 사람입니다. 나라의 원수를 보니 가슴이 아프고 머리가 근심으로 가득 차서, 이곳에 와서 무슨 계제를 만날 것을 바라고 있었습니다. 엎드려 비옵건대 어르신께서는 저의 정성을 가엾게 여기시어 방술4을 가르쳐 주소서."

"……."

---

4 방술(方術): 신선의 술법(術法)을 닦는 사람인 방사(方士)의 술법.

난승은 잠자코 말이 없었다.

김유신은 눈물을 흘리면서 예닐곱 번이나 거듭 열심히 간청하였다.

"아직 어린 몸으로 삼국을 아우르려는 마음을 가지고 있으니, 그 뜻이 장하다."

난승이 그제야 말문을 열었다.

김유신의 거듭된 애원에 감동하여 그에게 비법을 가르쳐 주었다.

"이 비법을 옳지 못한 곳에 쓰면 화를 입는다. 함부로 쓰지 말아라."

난승이 말을 마치고 숲속으로 사라졌다. 김유신은 그를 허겁지겁 뒤쫓아 갔다. 몇 발짝 쫓아가지 못하여 그의 모습이 사라졌다. 두리번거리며 찾아보았다. 그러나 그가 간 곳을 찾을 수 없었다. 다만 산 위에 5색의 찬란한 빛깔이 안개처럼 천천히 번져가고 있었다.

김유신은 중악5에 들어가 나라의 위급하고 어려운 상황

---

5 중악(中嶽): 신라에서 신성시한 산 중 중앙에 있는 산의 별칭이다. 중악을 경주시 서면 단석산으로 보는 견해도 있으나 확실하지 않다.

을 이겨내려고 하였고, 난승을 만나 비법을 전수받았다는 『삼국사기』 권41 「열전」 '김유신 상' 조의 기록은 중악이 신령6이 깃든 산이라는 것을 알려주는 것으로 신라인들의 산신신앙7을 엿볼 수 있다.

삼국 시대에는 산신신앙이 널리 퍼져 있었다. 고구려·신라·백제는 나라에서 산신8에게 제사를 지냈다. 신라에서는 나라의 번영과 안정을 기원하기 위해 산과 강, 토지신에게 제사드리고 비는 것을 나라의 중요 행사로 삼았다.

『삼국사기』 권1 「신라본기」 '일성 이사금' 조에 일성 이사금 5년(138년)에 "왕이 친히 북쪽으로 거둥해 태백산에서 제사를 지냈다."는 기록이 있다. 신라에서는 국가의 진산9인 삼산10과 오악11에 왕이 몸소 가서 국가 제사를 올

---

6 신령(神靈): 민간 풍습으로 섬기는 모든 신.

7 산신신앙(山神信仰): 산을 지키고 다스리는 신을 믿고 따르는 신앙.

8 산신(山神): 산신령이라고도 한다. 산신은 농경민에게 물이나 비를 내리는 강우신이나 풍산신의 성격을 띠고, 인간에게는 아이를 가져다주는 신이자 그 생명을 악귀들로부터 보호하는 수호신이다.

9 진산(鎮山): 도읍지나 각 고을 뒤에 있는 큰 산을 이르던 말로 그곳을 진호(鎮護) 하는 주산(主山)이라 하여 제사를 지냈음.

10 삼산(三山): 대사(大祀)의 대상이 되었던 신라 왕도 및 주변의 세 곳의 산을 말한다. 삼산에는 산신이 있어 위기에 처한 김유신을 구해주기도 하고, 경덕왕

리기도 했다. 습비부12의 나력(나림)13 절야화군14의 골화15,대성군16의 혈례17에서는 대사18를, 오악에서는 중사19를 지냈다. 중사의 경우 오악은 동쪽의 토함산[대성군], 남쪽의 지리산[청주20], 서쪽의 계룡산[웅천주21], 북

때 대궐에 나타나 춤을 추기도 했다는 기록 등을 보면 이곳에는 왕도를 수호하고, 나아가 국토를 수호하는 산신이 있는 신성한 산이라는 믿음을 신라 사람들은 가지고 있었던 것으로 보인다.

11 오악(五岳): 신라에서 중사의 대상으로 중시되었던 다섯 산, 즉 동악=토함산, 남악=지리산, 서악=계룡산, 북악=태백산, 중악=부악(팔공산).

12 습비부(習比部): 지금의 경주시 동쪽 및 동남쪽 지역.

13 나력(奈歷, 또는 奈林): 신라 삼산의 하나로서, 현재의 위치는 분명치 않다. 경주 낭산으로 보는 견해가 있다.

14 절야화군(切也火郡):『삼국사기』권34「지리지」양주 임고군의 옛 지명으로서 현재의 영천시.

15 골화(骨火): 신라 삼산의 하나로서, 현재의 경상북도 영천시 완산동과 범어동 일대의 완산.

16 대성군(大城郡):『삼국사기』권34「지리지」양주 소속의 군이며 명활산성 일대를 중심으로 한 주변 지역으로서 현재의 경상북도 경주시 동쪽 지역.

17 혈례(穴禮): 대성군을 어디로 보느냐에 따라 그 위치에 대해 각각 청도의 부산(鳧山), 영일의 운제산(雲梯山), 경주와 영일 사이의 어래산(魚來山) 등으로 보는 견해가 있다.

18 대사(大祀): 신라의 국가적 제사로서 산천(山川)에 대하여 행하는 것 중에 가장 큰 제사.

19 중사(中祀): 신라의 산천에 대한 국가적 제사로서 중간 등급의 제사. 중사의 대상으로서 오악(五岳), 사진(四鎭), 사해(四海), 사독(四瀆)과 속리악(俗離岳)·추심(推心) 등 6곳이 있다.

20 청주(菁州): 지금의 경상남도 진주시.

21 웅천주(熊川州): 지금의 충청남도 공주시.

쪽의 태백산[나이군[22]], 중앙의 부악[23][공산]이라고도 하는데, 압독군[24]이다. 그리고 24곳의 산에서는 소사[25]를 올렸다.

22 나이군((奈已郡): 지금의 경상북도 영주시.
23 부악(父岳): 신라 오악 중의 중악으로서 공산이라고도 하며 현재의 팔공산.
24 압독군(押督郡):『삼국사기』권34「지리지」양주 장산군의 옛 지명으로서 현재의 경상북도 경산시.
25 소사(小祀): 신라의 산천에 대한 국가적 제사 중에 가장 작은 제사. 신라 소사의 대상으로는 상악 이하 서술까지 24~25개 처의 산천이 있다.

5. 김유신과 호국 삼신

　진평왕 29년(612년) 이웃 적들인 고구려와 백제가 한층 더 신라를 핍박해왔다. 신라는 군사를 출동시켜 겨우겨우 적들을 막아냈다. 김유신은 장렬한 마음이 더욱 격동하여 홀로 보검을 차고 인박산 깊은 골짜기에 들어갔다. 그는 제단을 쌓고 향을 사르고 하늘에 고하며 중악에서 맹세했던 것처럼 기도하였다.

　"천관께서는 빛을 비추어 보검에 영험함을 내려주소서."

　김유신은 엎드려 기도했다.

　삼 일째 되는 날이었다. 하늘에서 허성1과 각성2, 두 별의 별빛이 찬란하게 뻗쳐 내렸다. 이윽고 그 빛은 김유신의 칼에 내려앉았다. 그러자 칼이 스스로 움직이는 것 같았다.

---

1 허성(虛星): 28수(宿)의 열한째 별. 허수(虛宿).
2 각성(角星): 28수(宿)의 첫째 별. 동쪽에 있음.

김유신은 나이가 18세가 되던 해에 검술을 익혀 국선3이 되었다.

어느 날이었다. 김유신의 집으로 백석이 찾아왔다. 그는 여러 해 동안 화랑 무리에 속해 있었다. 그러나 그가 어디서 왔는지, 그 내력을 아는 사람은 없었다. 그 무렵 김유신은 고구려와 백제를 정벌하여 삼국을 통일시키려는 큰 뜻을 품고 뜻이 맞는 화랑들과 밤낮으로 깊이 모의하고 있었다. 백석이 그 모의를 알고 김유신을 찾아온 것이었다.

"저는 화랑님께서 백제와 고구려를 정복해 삼국통일을 하려는 큰 뜻을 품고 계신 것으로 짐작합니다."

백석이 고개를 들어 말했다.

"……."

김유신은 마음속으로 크게 놀랐다. 그 자신과 가까운 몇몇 화랑들과 나눈 이야기를 백석이 알고 있었던 것이다. 그러나 그는 겉으로 놀라움을 드러내지 않았다.

"백제와 고구려를 치려면, 백제와 고구려의 방비 태세라

---

3 국선(國仙): 화랑. 『삼국유사』에서 화랑을 일컫는 말로 여러 차례 등장한다. 화랑과 비교하여, 화랑 중에서 한 명을 뽑아 이를 국선으로 불렀던 것이라고 보기도 하고 화랑과 국선을 같은 대상에 대한 다른 이름으로 보기도 한다.

든가 두 나라의 사정을 잘 아셔야 합니다."

백석이 김유신 앞으로 한 걸음 다가앉으며 말했다.

"옳은 말이다."

"먼저 화랑님과 함께 고구려에 은밀하게 들어가 정세를 염탐하는 것이 좋을 듯합니다. 그런 연후에 고구려 정복을 꾀하는 것이 어떻겠습니까?"

백석이 은근한 목소리로 말했다.

"좋다. 고구려에 가 보자."

김유신은 백석을 기특하게 여겼다.

다음날 밤 김유신과 백석은 말을 타고 고구려를 향해 떠났다. 금성에 짙게 내려앉아 있는 어둠을 밟고 말발굽 소리가 북쪽으로 멀어져 갔다. 두 사람이 탄 말은 산기슭을 따라 달리다가 높은 고개의 마루에 이르렀다.

"좀 쉬었다 가시지요."

"그렇게 하자."

김유신이 말고삐를 당겨 말을 멈췄다.

두 사람이 말에서 내려 쉬고 있을 때였다. 저만큼 어둠 속에서 인기척이 들려왔다. 김유신은 고개를 들어 소리가 나는 쪽을 바라보았다. 어둠 속에서 여인 둘이 이쪽을 향해 걸어왔다.

"어디로 가는 길입니까?"

김유신이 물었다.

"저희는 밤중에 그만 길을 잃고 헤매고 있습니다. 바라옵 건대 다음 마을까지만 데려다주실 수 없겠는지요?"

한 여인이 말했다.

"그러리다."

김유신은 승낙했다.

김유신은 국경으로 가던 방향과는 다른 방향으로 말머 리를 돌렸다. 그는 서둘러야 동이 트기 전에 국경을 넘을 수 있다는 것을 알고 있었다. 그러나 두 여인을 캄캄한 밤 에 산속에다 놔두고 모른 체하고 떠날 수는 없는 일이었 다.

이야기를 주고받으며 일행은 골화천의 냇가에 이르렀다. 냇가에서 또 한 여인이 한 손에 보따리를 들고 머뭇거리고 서 있었다. 그 여인도 산길이 무서워 같이 갈 사람을 기다 리고 있다고 말했다. 일행이 다섯으로 불어났다. 김유신은 세 여인과 이야기를 나눴다.

숲이 우거진 언덕에 이르렀을 때 보따리를 손에 든 여인 이 발걸음을 멈췄다.

"좀 쉬었다 가면 어떻겠습니까?"

그 여인이 보따리에서 향기로운 과일을 꺼내 주었다.

김유신은 그 과일을 먹으며 세 여인과 이야기를 나누었다. 서로 마음이 통하다 보니 속사정을 말하게 되었다.

"화랑님, 좀 실례를 하고 오겠습니다."

백석이 숲속으로 사라졌다.

"긴히 드릴 말씀이 있습니다. 바라옵건대 저희와 함께 숲속으로 들어가십시다. 그러면 사연을 다시 말하겠나이다."

세 여인 중 하나가 말했다.

김유신은 세 여인과 함께 백석이 들어간 숲속의 반대편 숲속으로 들어갔다. 키가 큰 나무들이 커다란 바위를 둘러싼 곳에 이르자 세 여인이 문득 신(神)의 모습으로 변하였다.

"우리는 나림·혈례·골화 등 세 곳의 호국신[4]이요. 지금 적국 사람이 그대를 유인하여 가는 것인데도 알아차리지 못하고 길을 가기에 그대를 만류하려고 여기 온 것이오."

---

4 호국신(護國神): 나라를 보호해주는 신.

세 여인이 말을 마치고 자취를 감추었다.

김유신이 이 말을 듣고 놀라 엎드려 두 번 절하고 숲속을 빠져나왔다.

김유신과 백석은 골화관에 숙박하게 되었다.

"지금 다른 나라에 가면서 긴요한 문서를 잊고 왔구나. 너와 함께 집으로 돌아가서 가지고 와야겠다."

김유신이 백석을 바라보며 말했다.

"······."

마침내 김유신은 백석과 함께 금성으로 돌아왔다.

"너는 신라 사람이 아니지? 바른대로 말해라."

김유신은 백석을 결박해 놓고 추궁하기 시작했다.

백석은 모든 것이 탄로가 났다는 것을 깨닫고 고개를 푹 수그렸다.

"저는 본래 고구려 사람입니다. 우리나라5 여러 신하가 말하기를 신라의 김유신은 곧 우리나라의 점쟁이 추남이 환생했다고 합니다. 국경에 거꾸로 흐르는 물이 있어 혹은 수컷과 암컷이 자주 바뀌는 일이라고도 하여 고구려왕이

---

5 우리나라: 여기서는 '고구려'를 뜻함.

추남더러 점을 치게 하였더니, '대왕의 부인께서 음양의 도를 거꾸로 행하기 때문에 그 징조가 이와 같이 나타나는 것입니다.'라고 말하였습니다. 대왕이 놀라 괴이하게 여기고 왕비가 크게 노하여 이를 요망한 여우의 말이라고 왕에게 고해 다른 일로 시험해 보아 그 말이 맞지 않으면 중형에 처하라고 하였습니다. 그래서 쥐 한 마리를 합6 속에 감추고 이것이 무슨 물건이냐고 물었습니다. 추남이 말하기를, '이것은 틀림없이 쥐인데, 여덟 마리입니다.'라고 하였습니다. 말이 틀린다고 하여 죽이려고 하니 추남이 맹세하기를, '내가 죽은 뒤에는 장수가 되어 반드시 고구려를 멸망시키겠다.'고 하였습니다. 즉시 추남의 목을 베어 죽이고, 쥐의 배를 갈라 보니 새끼 일곱 마리가 들어 있었습니다. 그제서야 추남의 말이 맞는다는 것을 알게 되었습니다. 그날 밤 대왕의 꿈에 추남이 김유신의 아버지인 서현공 부인의 품 속으로 들어가는 것을 보고 여러 신하에게 이야기하였더니, '추남이 맹세하고 죽더니, 과연 일이 그렇게 되었군요.' 하고 모두 말했습니다. 그것 때문에 나를 이곳에 보내 공을

---

6 합(盒): 음식을 담는 놋그릇의 하나. 운두가 그리 높지 않고 둥글넓적하며 뚜껑이 있음.

꾀어내려고 했습니다."

김유신이 백석을 처형하고 온갖 음식을 갖추어 세 신(神)에게 제사를 지냈다. 세 신이 모두 다 몸을 나타내어 제물을 받았다.

『삼국유사』 권1 「기이」 '김유신' 조에 실려 있는 「추남설화」는 김유신의 전생 설화 속에 얽혀 있는 설화이다. 고구려 간자7 백석이 자신의 죄를 고백할 때 김유신에게 들려준 환생 이야기 속에 나온다. 고구려의 점쟁이 추남이 왕에게 잘못을 고치도록 말하다가 목숨을 잃고 신라의 김유신으로 태어났다는 이야기이다.

신라의 임금이 산천에 지내던 제사인 대사의 제장8이었던 삼산, 즉 나림·혈례·골화 등 세 개의 산은 신라의 왕도가 있었던 금성 주위에 있는 산으로 신라의 호국 산신으로 여겨진다.

「추남설화」에는 추남이 국경에 거꾸로 흐르는 물을 점치는

---

7 간자(間者): 간첩(間諜).
8 제장(祭場): 제사를 지내는 곳.

것이 나오며, 추남이 "이것은 틀림없이 쥐인데, 여덟 마리입니다."라고 점을 치는 일 등이 나타나 있다.

한편 삼산은 습비부의 나림산, 대성군의 혈례산, 절야화군의 골화산이 그것이다. 삼산의 위치 비정과 삼산 숭배의 기원에 대해서는 학자들 사이에 견해차가 크다.

6. 김춘추와 문희

　선덕여왕(재위: 632년~647년)의 이름은 덕만이고 진평왕의 맏딸로 어머니는 마야부인이었다. 진평왕이 아들을 두지 못하고 세상을 떠나자, 화백회의에서 그녀를 왕으로 추대했다. 덕만은 성품이 너그럽고 인자하며 명민하였다.

　진평왕 때에 당나라에서 가져온 모란꽃을 그린 그림과 그 꽃씨를 덕만에게 보였다. 모란꽃은 빨간색·자주색·흰색, 세 가지 빛깔을 띠고 있었다.

　"이 꽃은 비록 빼어나게 아름답지만, 틀림없이 향기가 없을 것입니다."

　덕만이 모란꽃 그림을 보고 말했다.

　"네가 그것을 어떻게 아느냐?"

　진평왕이 웃으며 물었다.

　"이 꽃 그림에는 나비가 없으니 향기가 없으므로 그런 줄 알 수 있습니다. 무릇 나라 안에서 가장 아름다운 여자면 남성들이 따르는 법이고, 꽃에 향기가 있으면 나비가 따르는 까닭에서입니다. 이 꽃이 무척 고운데도 꽃 그림에 나비가 없으니 이는 반드시 향기가 없는 꽃입니다."

덕만이 대답했다.

관리들이 그 꽃씨를 뜰에 심었다. 빨간색·자주색·흰색의 세 가지 빛깔의 꽃이 피었다. 그러나 향기가 없었다. 덕만의 예언은 족집게처럼 들어맞았다.

신라 제29대 태종무열왕(재위: 654년~661년)의 이름은 김춘추였다. 그는 진지왕의 손자로 이찬[1] 김용춘의 아들이었으며, 어머니는 천명 부인으로 진평왕의 딸이었다. 그의 비는 문명부인 문희였는데, 각간[2] 김서현의 딸이니 바로 김유신의 누이동생이었다.

김유신에게는 누이동생이 둘 있었다. 언니 이름은 보희였고, 동생 이름은 문희였다. 두 누이는 다정하게 지냈다.

김춘추가 문희를 아내로 맞아들이기 전의 일이었다. 하루는 보희가 동생 문희에게 지난밤에 꾼 꿈 이야기를 하였다.

"어젯밤에 참 이상한 꿈을 꾸었어."

---

1 이찬(伊湌): 신라의 십칠 관등 가운데 둘째 등급. 잡찬의 위, 이벌찬의 아래로 진골만이 오를 수 있었음.
2 각간(角干): 이벌찬(伊伐湌). 신라 17관등의 첫째 등급. 진골(眞骨)만이 오를 수 있었음.

"무슨 꿈인데요?"

"망측하게도 내가 서악3에 올라가 오줌을 누지 않았겠니."

보희가 얼굴을 붉히며 말했다.

"그래서 어떻게 됐어요?"

문희가 웃으면서 물었다.

"글쎄 말이다. 그 오줌이 금성에 온통 가득 차는 거야."

"언니. 그 꿈을 제게 꿈을 파세요."

곰곰이 생각에 잠겼던 문희가 입을 열었다.

"꿈을 사겠다고? 꿈도 팔고 사고 하니?"

보희가 어처구니가 없다는 듯이 피식 웃으며 말했다.

"그 꿈을 팔아요, 언니."

"……."

"꿈값을 드릴 테니까 팔아요."

"꿈값으로 뭘 주겠니?"

"비단 치마를 드리면 되나요?"

---

3 서악(西岳): 경상북도 경주시의 서쪽에 있는 선도산을 일컫는 말이다. 서악은 신라 사람들이 신령스러운 산으로 숭배했다. 신라 사람들은 서악을 서형산이라고도 불렀다.

“그렇게 해라.”

문희는 옷장을 열고 비단 치마를 꺼내다가 꿈을 사는 값으로 보희에게 건네주고, 자기의 치마폭을 펼쳤다.

“언니, 어서 꿈을 줘요.”

문희는 보희 쪽을 향하여 옷깃을 벌리고 꿈을 받아들일 자세를 하였다.

“어젯밤에 꾼 꿈을 보희에게 넘겨주노라.”

보희는 잇새로 새어 나오는 웃음을 참으면서 마치 무슨 물건을 밀어 보내듯 손짓을 했다.

그로부터 열흘이 지나 정월 보름날이 다가왔다. 문희의 오라버니 김유신이 자기 집으로 김춘추를 놀러 오게 했다. 선덕여왕의 6촌 동생인 김춘추는 김유신과 평소에도 가깝게 지내는 사이였다.

김유신과 김춘추는 축국4 경기를 하고 있었다. 그들은 축국 경기를 신나게 했다. 김유신은 일부러 김춘추의 옷자락을 슬쩍 밟았다. 그 바람에 김춘추의 옷자락이 터지고 말았다.

---

4 축국(蹴鞠): 옛날 장정들이 공을 땅에 떨어뜨리지 않고 차던 놀이.

"아이쿠, 이거 야단났군요."

김유신은 김춘추의 옷자락을 잡고 짐짓 사과했다.

"허허, 괜찮소……."

"안으로 들어가 옷을 꿰매어 입읍시다."

김유신은 김춘추를 자기 방에 들어가자고 말했다.

김유신은 간단한 술상을 차려 오도록 한 다음, 몸을 일으켜 슬며시 빠져나왔다.

김유신은 큰 누이동생인 보희를 찾았다. 이윽고 보희가 뒤란에서 안으로 들어와 그 앞으로 다가왔다. 김유신은 보희에게 김춘추의 터진 옷을 꿰매주라고 말했다.

"터진 옷을 꿰매는 것은 사소한 일이 아니겠어요? 그런 일을 가지고 가벼이 귀공자를 가까이하겠어요. 저는 싫습니다."

보희는 얼굴을 붉히며 고개를 저었다.

마침 그때 문희가 방문을 열고 들어왔다.

"네가 김춘추 어른의 터진 옷을 좀 꿰매 주겠느냐?"

김유신이 문희에게 물었다.

"예."

문희는 바늘과 실을 가지고 와서 김춘추가 있는 방 안에 들어갔다, 문희는 다소곳이 앉아 김춘추의 터진 옷을 꿰매

주었다. 김춘추는 옅은 화장과 산뜻한 옷차림에 빛나는 문희를 넋을 잃은 듯이 바라보았다. 그녀의 어여쁨은 김춘추를 눈부시게 했다. 문득 문희를 아내로 삼고 싶다는 생각이 들었다. 그날 이후 김춘추는 문희를 만나려고 김유신의 집을 자주 드나들었다. 그들의 사랑은 점점 깊어만 갔다. 마침내 문희는 김춘추의 아기를 갖게 되었다. 그러나 김춘추는 미루기만 하고 문희를 아내로 맞이해 갈 생각을 하지 않고 미적미적하고 있었다.

김유신은 하인들에게 장작을 마당으로 날라 오라고 명령했다. 하인들이 장작을 날라 오자, 마당에 지붕만큼 높이 쌓아놓도록 했다.

"장작은 무슨 일로 가져다 놓는 거지?"

보희가 뜨악한 얼굴로 고개를 갸웃거렸다.

김유신은 문희를 마당으로 불러냈다.

"부모님의 허락도 얻지 않고 아이를 갖게 되었으니……. 네 죄는 네가 알 것이다. 자, 어서 저 장작더미 위로 올라가거라."

김유신이 차가운 목소리로 말했다.

보희는 깜짝 놀라서 문희를 바라보았다. 문희는 새파랗게 질려서 벌벌 떨고 서 있었다.

"오라버님……. 제가 잘못했어요."

문희는 용서를 빌었다.

"네가 부모님께 아뢰지도 않고 처녀의 몸으로 아이를 갖게 된 것은 어찌 된 일이냐? 우리 집 가문에서 이런 수치스러운 일이 일어나다니……. 썩 장작더미 위로 올라가지 못할까."

김유신은 서릿발 같은 목소리로 문희를 꾸짖었다.

문희는 장작더미 위에서 흐느꼈다. 보희는 치마폭에 얼굴을 묻고 엉엉 울었다. 하인들도 흘러내리는 눈물을 손등으로 닦으며 발을 동동 굴렀다. 남산을 힐끗힐끗 바라보는 김유신의 마음속을 알아채는 사람은 아무도 없었다.

김유신이 누이를 불태워 죽이려 한다는 소문이 금성에 삽시간에 퍼져나갔다.

김유신의 집은 남산에서 가까운 곳에 자리 잡고 있었다. 김유신은 남산에서 내려다보면 자기의 집 안마당이 훤히 내려다보인다는 것을 알고 있었다. 그리고 덕만공주5가 남산으로 산책을 한다는 것도 알고 있었다. 금방 누이동생을

---

5 덕만공주(德曼公主): 뒤의 선덕여왕.

장작더미 위에 올려놓고 불태워 죽일 것처럼 소리치던 김유신이 며칠이 지나도록 아무 말도 하지 않자, 하인들은 고개를 갸웃거렸다.

그러던 어느 날이었다. 덕만공주가 남산으로 산책을 나왔다. 덕만공주의 행렬이 남산에 나타난 것을 본 김유신은 기다렸다는 듯이 문희를 장작더미 위에 올라가 앉도록 소리쳤다. 그녀가 울음을 터뜨리면서 장작더미 위에 올라앉았다.

"불을 질러라."

김유신이 하인들에게 명령했다.

하인들이 김유신의 말을 거역할 수 없어 장작더미에 불을 붙였다. 집채만 한 장작더미는 그것의 가장 바깥쪽부터 연기를 뿜으며 타들어 갔다. 검은 연기가 하늘로 뭉실뭉실 솟아올랐다.

남산에서 아래를 내려다보던 덕만공주가 고개를 갸웃거렸다.

"저게 대체 무슨 연기요?"

덕만공주가 놀라 알아보라고 말했다. 신하 한 사람이 산 아래로 말을 타고 달려갔다가 돌아와 보고했다.

"김유신이 장작을 마당에 쌓아놓고 자신의 누이동생을

불태우려 하고 있습니다."

　신하가 본 대로 아뢰었다.

　"아니 김유신이 왜 누이동생을 불태운답니까?"

　덕만공주가 뒤를 힐끗 돌아보며 물었다.

　김춘추가 얼굴이 벌거진 채 입을 꾹 다물고 있었다.

　"다름이 아니오라 김유신의 누이동생이 죄를 지어 불에
태워 죽이는 것이라 하옵니다."

　"뭐라고요? 도대체 무슨 죄를 지었다는 것이요?"

　덕만공주가 물었다.

　"누이동생이 지아비 없이 임신을 했기 때문이라 하옵니
다."

　신하들이 아뢰었다.

　"누구의 소행이라 합디까?"

　덕만공주는 신하들을 휘둘러 보았다. 앞에서 가까이 덕
만공주를 모시고 있던 김춘추의 얼굴이 흙빛으로 변했다.

　덕만공주는 김춘추가 문희와 가까이 지내고 있다는 소문
을 듣고 있었다. 그녀가 김춘추 앞으로 다가갔다.

　"빨리 가서 구해 내도록 하오."

　덕만공주가 말했다.

　김춘추는 산 아래로 말을 몰았다.

"중지하시오."

김춘추가 말에서 내리며 거칠게 숨을 몰아쉬었다. 아직 불길은 문희에게 옮겨붙지 않고 있었다.

이러한 일이 있은 뒤, 곧 김춘추와 문희는 혼례를 치렀다. 뒤에 문희는 왕후가 되었다. 그녀가 바로 문명왕후이며 그녀의 아들이 태자가 되어 왕위를 이었다. 그가 바로 신라 30대 임금인 문무왕(재위: 661년~681년)이다.

이 설화는 『삼국유사』 권1 「기이편·상」 '태종 춘추공' 조에서는 선덕여왕이 왕위에 있을 때 일어난 사건으로 기록되어 있다. 그리고 태종무열왕 김춘추와 문명왕후 사이에 첫 아이로 태어나 태종무열왕의 뒤를 이어 왕위에 오른 문무왕이 『삼국사기』에는 681년에 사망했다고만 했을 뿐 문무왕이 언제 태어났는지, 사망 당시의 나이가 몇 살이었는지에 대해서는 기록하고 있지 않다. 『삼국사기』 권6 「신라본기」6 '문무왕·상' 조 원년의 기사에도 김춘추와 문희에 대한 설화가 기록되어 있다.

문무왕이 왕위에 올랐다. 그의 이름은 김법민이고 태종무열왕의 맏아들이다. 어머니는 김씨 문명왕후로 소판 김서현의 막내딸이며 김유신의 누이였다. 그녀의 언니 보희가 꿈속에 서형산[6] 꼭대기에 올라가 앉아서 오줌을 누었는데, 오줌이 흘러서 온 나라 안에 가득 찼다. 꿈에서 깨어나 동생 문희에게 꿈 이야기를 했다. 문희가 장난삼아 말하기를 "내가 언니의 그 꿈을 사고 싶다."고 했다. 그래서 비단 치마를 주어 꿈값을 치렀다. 며칠 뒤 김유신이 김춘추와 함께 축국 경기를 하다가 그만 김춘추의 옷고름을 밟아 떼내고 말았다. 김유신이 말하기를 "마침 우리 집이 가까이 있으니 가서 옷고름을 답시다."라고 하였다. 곧 함께 집으로 갔다. 술자리를 벌이고 조용히 보희를 불러 바늘과 실을 가지고 와서 옷고름을 꿰매라고 했다. 보희는 사정이 있어 나오지 못하고, 문희가 앞에 나와서 옷고름을 꿰매어 달았다. 담백한 화장과 산뜻한 옷차림에 환하게 핀 어여쁜 얼굴은 보는 이를 눈부시게 했다. 김춘추가 이를 보고 기뻐하여 청혼하고 성례를 하였다. 그 뒤에 곧 이어 임신하여 아들을 낳으니 그가 김법민이다.

---

6 서형산(西兄山): 신라 사람들은 서형산을 신라 왕도의 서쪽을 지켜주는 신성한 산으로 생각하여 서악, 선도산이라고도 불렀다.

이 기사에도 김춘추의 아들인 문무왕 김법민이 태어난 해는 기록되어 있지 않다.

「문무왕릉비문」의 "궁궐의 침실에서 서거하시니, 그때 나이는 56세였다."라고 하는 기록을 토대로 짐작으로 미루어 셈하면 문무왕 김법민이 태어난 해는 진평왕 43년(626년)에 해당한다.

당나라와 신라 연합군이 고구려의 평양성을 공격하여 무너뜨릴 당시 장수이자 외교관이었던 김인문은 김법민의 첫 번째 동생이다. 『삼국사기』 권44 「열전」4 '김인문' 조에 김인문이 태어난 해를 밝혀주는 기사가 나온다.

김인문은 자(字)가 인수이고, 태종 대왕의 둘째 아들이다. 어려서부터 취학하여 유가7의 책들을 많이 읽었고, 겸하여 장자 · 노자의 저서와 불교의 경전을 널리 읽었다. 특히 예서8를 잘 썼으며 활쏘기와 말타기에 능하고, 향악9을 잘 하였다고 한다. 품행이 순직하고 기예가 능란하였으며, 식견

7 유가(儒家): 공자의 학설과 학풍(學風) 등을 신봉하고 연구하는 학자나 학파.
8 예서(隸書): 한자 서체(書體)의 하나. 전서(篆書)의 번잡함을 생략해서 만들었음.
9 향악(鄕樂): 당악(唐樂)에 대하여 한국 고유의 음악을 일컫는 말.

과 도량이 드넓어 당시 사람들이 공경하여 섬겼다. 영휘10 2년(651년), 김인문의 나이 23세 때 진덕왕의 명을 받들어 당나라에 들어가 조공하고 숙위11하였다.

김법민의 아우인 김인문이 "영휘 2년12, 김인문의 나이 23세 때 진덕왕(재위: 647년~654년)의 명을 받들어 당나라에 들어가 숙위하였다."고 한다. 그렇다면 김인문은 629년에 태어난 것이 된다. 문무왕 김법민의 아우인 김인문이 진평왕 51년(629년)에 태어났다는 『삼국사기』의 기록을 살펴보면 「문무왕릉비문」13의 기록을 근거로 순서를 거꾸로 하여 계산한 것이라는 것을 알 수 있다. 타당성이 있다고 하겠다. 이에 따라서 『삼국유사』 권1 「기이 · 상」 '태종 춘추공' 조에 '선덕여왕'으로 기술되어 있는 것을 '덕만공주'로 비정14했다.

---

10 영휘(永徽): 당나라 고종 때의 연호(650~655). 고종의 첫 번째 연호이다.

11 숙위(宿衛): 당나라의 궁궐에서 황제를 호위하는 주변 여러 나라의 왕자들을 일컫는다.

12 영휘(永徽) 2년: 651년. 신라 진덕왕 5년에 해당한다.

13 경주 문무왕릉비(慶州 文武王陵碑)가 조성된 연대는 681년~682년(신문왕 1년~2년)이다.

14 비정(批正): 비평하여 정정(訂正)함.

김춘추와 김유신의 누이동생 문희의 혼례로 왕위에서 쫓겨났던 진지왕계의 김춘추와 신라에 항복하여 새로이 진골 귀족에 편입되었던 금관가야계 김유신의 정치적·군사적 결합이 이루어지게 되었다. 다시 말하면 진지왕계인 김춘추는 김유신의 군사적 능력이 그들의 배후 세력으로 필요하였으며, 금관가야 왕족 출신으로 진골 귀족으로 편입된 김유신은 신라 진골 귀족인 김춘추의 정치적 위치가 그의 생존과 출세에 꼭 필요했던 것이다.

7. 낭비성 전투

진평왕은 성은 김 씨이고, 이름은 백정이다. 진흥왕의 태자인 동륜의 아들이다. 어머니는 갈문왕 입종의 딸인 만호부인이다. 진평왕은 태어나면서부터 얼굴이 기이하고 신체가 장대했으며, 품은 뜻이 굳건하고 식견이 명철하였다고 『삼국사기』 권4 「신라본기」4 '진평왕' 조에 기록되어 있다.

진평왕 원년(579년) 이찬 노리부[1]를 상대등으로 삼고, 왕의 친동생 백반을 진정갈문왕으로, 국반을 진안갈문왕으로 봉하였다.

천사가 궁궐 뜰에 내려왔다.

"하느님이 나에게 이 옥대[2]를 전해주라고 명했소."

천사가 진평왕에게 말했다.

진평왕이 무릎을 꿇고 옥대를 받았다. 천사는 하늘로 올

---

1 노리부(弩里夫): 노리부는 금관가야의 마지막왕 김구형의 맏아들이다. 세종(世宗) 또는 노종(奴宗)이라고도 부른다.
2 옥대(玉帶): 임금이나 벼슬아치가 공복(公服)에 띠던 옥으로 장식한 띠. 옥띠.

라갔다. 교외에 나가 지내는 제사 때나 종묘에서 지내는 제사 때에 진평왕은 이 옥대를 허리에 맸다.

고구려의 평원왕(재위: 559년~590년)이 신라를 칠 계획을 세웠다.

"신라에는 세 가지 보물이 있어 침범할 수가 없다고 하는데, 무엇을 두고 하는 말인가?"

평원왕이 신하에게 물었다.

"첫째는 황룡사의 장륙존상이요, 둘째는 그 절의 9층탑이요, 셋째는 천사옥대입니다."

신하가 대답했다.

평원왕은 신라를 정벌할 계획을 멈췄다.

진평왕 25년(603년) 고구려가 북한산성에 침입했다. 진평왕이 친히 군사 1만 명을 거느리고 가서 막았다. 진평왕은 고구려가 여러 번 국경을 침범하는 것을 걱정하였다. 수나라에 군사를 청하여 고구려를 치려고, 원광3에게 수나라 군사를 청하는 글인 「걸사표」를 지으라고 명했다.

"자신을 보존하기 위하여 남을 없애는 것은 머리를 깎

---

3 원광(圓光, 555년~638년): 한국 역사상 최초의 여래장(如來藏) 사상가였으며, 점찰법회(占察法會)를 도입하여 불교의 토착화 · 대중화의 기반을 마련하였다.

고 불문4에 들어 도를 닦는 사람이 할 일이 아닙니다. 하지만 제가 대왕의 땅에 살면서 대왕의 물과 곡식을 먹고 있는 바에야 어찌 감히 명령을 좇지 않을 수 있겠습니까."

곧 원광이 「걸사표」를 지어 올렸다.

백제와 고구려가 번갈아 가며 신라의 국경을 침범해 왔다. 진평왕 38년(616년), 백제는 신라의 모산성으로 쳐들어왔다. 그리고 진평왕 40년(618년) 신라는 백제에 빼앗겼던 가잠성을 되찾았으나 전투에서 장군 해론이 전사했다.

진평왕 51년(629년) 고구려와 백제의 잦은 침공으로 피로해진 신라에 가뭄이 크게 들어 백성들이 굶주린 나머지 자녀를 파는 사태도 벌어졌다. 가을 진평왕은 이찬 임말리와 파진찬 김용춘과 백룡, 그리고 소판5 대인과 김서현 등에게 군사를 주어 고구려의 낭비성6을 공격하게 했다. 그때

---

4 불문(佛問): 불교를 믿는 사람. 또는 그들의 사회. 불가(佛家). 불법계. 석가. 선문.

5 소판(蘇判): 신라 때, 십칠 관등 가운데 셋째 등급의 벼슬을 이르던 말.

6 낭비성(娘臂城): 삼국시대에 활약한 김유신과 관련된 성곽으로 알려져 있다. 『삼국사기』 권41 「열전」1 '김유신·상' 조에 의하면, 진평왕 51년(629년) 진평왕이 이찬 임말리, 파진찬 용춘과 백룡, 그리고 소판 대인과 서현 등이 군사를 이끌고 고구려의 낭비성을 공격하게 했다. 이때 김유신은 중당당주로 참전하여 뛰어난 용맹으로 신라군을 승리로 이끌어 고구려군 5천여 명의 목을 베고 1천여 명을

고구려인들이 군사를 출동시켜 맞서 공격해오자, 우리 측이 불리하여 죽은 자가 매우 많았다. 무리의 사기가 꺾여 더는 싸우려는 마음을 갖지 못하게 되었다. 신라군은 금성을 떠나 북쪽으로 행군하여 낭비성 가근방에 이르렀다. 신라군은 진군을 멈추었다. 파진찬 김용춘은 군사들의 대열을 정비하도록 명령했다.

"저 성이 낭비성이다. 있는 힘을 다해 공격하라!"

김용춘이 우렁찬 목소리로 군사들을 독려했다.

신라 군사들이 낭비성을 향해 몰려갔다. 그때 낭비성 밖에 몸을 숨기고 진을 치고 있던 고구려 군사들이 신라 군사들을 향해 화살을 일제히 쏘아대기 시작했다. 빗발치듯 쏟아지는 화살에 맞아 신라 군사들이 쓰러지기 시작했다. 신라 군사들과 고구려 군사들이 맞부딪쳐, 신라 군사들이 많이 쓰러졌다. 그들은 사기가 꺾여, 다시 싸우려고 하지 않았다. 그들은 고구려 군사들에게 자꾸 밀리고 있었다. 신라 군사들은 크게 사기를 잃고 말았다.

사로잡는 전과를 올렸다고 한다. 낭비성 전투의 현장인 낭비성은 경기도 북부 지역 또는 충청북도 지역으로 비정되기도 한다. 『대동지지』에서는 충주시로 비정하였으며, 『신증동국여지승람』 등의 지리서들은 오늘날의 청주시 를 『삼국사기』의 낭자곡 혹은 낭비성이라고 기록하고 있다.

중당당주7로 전투에 참가하였던 김유신이 아버지 김서현 앞으로 나아갔다.

"우리 군사들이 패하고 있습니다. 제가 평소 마음속으로 충성하고 효도하겠다고 맹세하였사온대 전투에 임하여 용맹스러움을 보이지 않으면 안 되겠습니다. 듣자옵건대 '옷깃을 정돈하여야만 갖옷이 바르고, 벼리를 당겨야만 그물이 퍼진다.' 하였사옵니다. 제가 바로 그 옷깃과 벼리가 되겠습니다."

김유신이 투구를 벗고 말했다.

"장하다. 나가 싸워라."

김서현의 허락이 떨어졌다.

이내 김유신은 말에 올라 칼을 뽑아 들고 참호를 뛰어넘어 적진에 들어갔다. 눈 깜짝할 사이에 들이닥쳐 칼을 휘두르는 김유신을 고구려군은 대항하지 못하고 멈칫거렸다. 이때 그는 말을 세차게 몰아 고구려 장수 앞까지 가서 그의 목을 칼로 힘껏 내리쳤다.

김유신이 고구려 장수의 목을 베어 들고 돌아왔다. 신라

---

7 중당당주(中幢幢主): 작은 규모의 부대장.

군사들이 그 모습을 보고 분연히 고구려군을 공격했다. 마침내 고구려군은 낭비성 안으로 도망쳤다. 신라 군사들은 있는 힘을 다해 낭비성을 공격하였다. 신라 군사들은 물밀듯이 쳐들어가, 이리 날뛰고 저리 날뛰는 고구려 군사들의 목을 베었다. 신라 군사들은 고구려 군사 5천 명의 목을 베고 1천 명을 사로잡았다. 낭비성 안에 남아 있던 고구려 군사들은 크게 두려워하여 감히 신라 군사들에게 저항하지 못하고 모두 나와서 항복하였다.

진평왕 53년(631년) 여름, 이찬 칠숙과 아찬 석품이 반란을 꾀하였다. 진평왕이 그 사실을 알아차렸다. 칠숙을 붙잡아다가 동쪽 저잣거리에서 목을 베고 아울러 그 9족(族)[8]을 죽였다.

석품은 금성을 벗어나 도망해 백제 국경까지 갔다. 처자식이 보고 싶었다. 온 길을 되돌아 걷기 시작했다. 낮에는 산속에 숨어 있다가 밤에는 걸어서 돌아와 총산에 이르렀다. 여기에서 한 나무꾼을 만나 자기 옷을 벗어 나무꾼의

---

8 9족(族): 일반적으로 본인을 중심으로 하여 9대에 걸친 직계(直系)친족. 고조부모(高祖父母), 증조부모(曾祖父母), 조부모(祖父母), 부모(父母), 본인, 아들(子), 손자(孫子), 증손(曾孫), 현손(玄孫)의 9대에 걸친 친족을 말한다.

해진 옷과 바꾸어 입었다. 석품은 땔나무를 짊어지고 몰래 처자식이 있는 집까지 왔다가 군사들에게 붙잡혔다. 석품은 군사들에게 끌려가 처형당했다.

진평왕 54년(632년) 봄, 진평왕이 죽었다.

진흥왕이 신라를 다스리던 시기에 신라는 고구려와 백제의 땅을 빼앗아 영토를 확장한 결과 진평왕대에 와서 고구려와 백제가 빈번하게 신라를 침공했다. 곤경에 처했던 진평왕은 당(唐)나라에 외교 사절을 파견하고, 수(隋)나라에 군사를 청하는 「걸사표」를 올리기도 하는 등 외교에도 힘썼다.

진평왕은 관제9를 정비하고, 적극적인 외교 정책을 펴서 독자적인 왕권을 수립했다. 580년대에 진평왕이 만든 관제의 조직상의 특징은 위화부10 · 조부11 · 예부12와 같이 중

---

9 관제(官制): 국가의 행정 조직, 권한 등을 정한 규정.

10 위화부(位和府): 관리의 인사를 담당하였던 중앙행정관서이다. 진평왕 3년(581년) 처음으로 설치하였다. 경덕왕이 사위부(司位府)로 고쳤으나 혜공왕 때 다시 본래대로 환원되었다.

11 조부(調府): 공물(貢物)과 부역(賦役) 등 재무를 담당하였다. 진평왕 6년(584년)에 설치되었다. 뒤에 경덕왕의 한화정책(漢化策)에 의하여 대부(大府)로 개칭되었다가 혜공왕 때 다시 본래대로 환원되었다.

앙관부 중에서도 핵심적인 관부를 설치했다는 것이다. 진평왕은 새로운 행정 관부를 설치했을 뿐만 아니라, 각 관청 간의 분업 체제를 확립했다. 또한 소속 직원의 수를 규정함으로써 소속 직원의 조직화 경향이 뚜렷하게 나타나고 있다. 이러한 진평왕 대의 관제 정비를 학계에서는 진흥왕대의 정복 국가 체제에서 관부 정치 체제로의 질적인 전환이 이루어진 시기로 평가하고 있다.

---

12 예부(禮部): 교육과 외교 및 의례(儀禮)에 관한 사무를 맡던 관서로, 586년(진평왕 8)에 설치되었다.

8. 대야성 함락

선덕여왕 5년(636년), 여름이었다. 궁궐 서쪽 옥문지에 난데없는 두꺼비 떼가 모여들어 사나흘 동안을 울어댔다. 나라 사람들이 괴이하게 여겨 왕에게 물었다.

"두꺼비의 성난 눈은 병사의 모습이다. 내가 일찍이 서남쪽 국경 지대에 땅 이름을 옥문곡이라 하는 곳이 있다고 들었으니, 생각건대 혹시 이웃 나라 군사가 몰래 그 가운데 잠입한 것이 아닐까?"

선덕여왕이 말했다.

선덕여왕은 장군 알천과 필탄에게 명해 군사를 거느리고 가서 수색하게 했다.

"독산성에서 멀지 않는 곳에 가마솥처럼 생긴 산이 있다. 그 근처 마을에서 옥문곡이란 골짜기를 물어 찾아가 보면 반드시 그곳에 적이 숨어 있을 것이니 몰래 쳐들어가 그들을 죽여라."

선덕여왕이 명령했다.

알천과 필탄은 왕명을 받고 군사들을 거느리고 서남쪽

국경 지대를 향해 갔다. 각간 알천과 필탄이 군사들을 이끌고 옥문곡으로 쳐들어갔다. 과연 그곳에는 백제 장군 우소가 독산성을 습격하려고 갑사 500명을 거느리고 와서 그곳에 매복하고 있었다. 알천이 습격 명령을 내렸다. 신라 군사들이 이를 엄습해 모두 죽였다.

선덕여왕 11년(642년) 가을, 백제의 의자왕(재위: 641년~660년)이 군사를 크게 일으켜 신라의 서쪽의 40여 성을 쳐서 빼앗았다. 이어 백제는 고구려와 함께 모의해 신라가 당나라로 가는데 관문 역할을 하는 당항성[1]을 빼앗아 당으로 가는 길을 끊으려 했다. 선덕여왕이 당나라 태종에게 사신을 보내 위급한 사항을 알렸다.

같은 해 백제의 장군 윤충이 많은 군사를 거느리고 대야성[2]으로 쳐들어왔다. 대가야국 땅이었던 대야성은 진흥왕 23년(562년) 장군 이사부에 의하여 신라에 복속되었다. 그때 신라는 대야성에 도독부를 두었고 뒤에 대량주로 그 이름을 고쳤다.

백제는 대야성을 노리고 있었다. 이 무렵 대야성의 성주

1 당항성(黨項城): 지금의 경기도 화성시 남양읍 지역.
2 대야성(大耶城): 지금의 경상남도 합천군 지역.

는 김품석이었다. 신라의 왕족이었던 그는 김춘추의 사위였다. 김춘추는 딸인 고타소랑을 매우 사랑했다. 그래서 대야주의 속현인 고타[3]를 식읍으로 주고 딸을 고타소랑이라고 이름을 지어 붙였다. 그리고 고타소랑의 남편인 김품석을 대야주 도독에 임명하고 40여 성을 총괄하도록 했다.

김품석은 거만하고 난폭했을 뿐만 아니라 미녀와 재물을 몹시 탐했다. 그는 종종 부하의 부인을 빼앗아 첩으로 삼기도 했다. 김품석의 막료인 검일의 아내는 매우 아름다웠다.

김품석은 검일의 아내를 자기 방으로 불러들여 강제로 몸을 빼앗았다. 미모의 아내를 빼앗긴 검일은 분노하여 항상 보복의 기회를 노렸다. 그러다가 윤충이 대야성을 공격하자 검일은 모척과 같이 공모하여 백제군과 내통했다.

신라 군사들은 성문을 굳게 닫고, 백제 군사들이 성벽에 기어오르는 데로 화살을 싸서 죽였다. 백제군은 좀처럼 대야성을 점령할 수 없었다.

"성을 칠 때 성의 방비가 굳으면 성을 에워싸고 시간을

---

3 고타(古陁): 지금의 경상남도 창녕군 지역.

끄는 것이 제일 좋은 방법이라고 한다. 성안의 양식과 물이 다 떨어지면 항복을 할 것이다."

윤충이 말했다.

검일은 백제 병졸을 대야성 안에 있는 군량미 창고로 인도하여 불을 질렀다. 검붉은 불길이 치솟았다.

"식량 창고가 불탄다. 어서 빨리 불을 꺼라."

검붉은 불기둥을 보고 김품석은 발을 동동 굴렸다. 식량이 모두 불타버리자, 더 이상 버티어 낼 수 없다는 사실을 안 김품석이 그의 막료인 아찬 서천을 불렀다. 그는 서천으로 하여금 윤충과 협상하게 하여 목숨을 보전해준다는 약속을 믿고 성문을 열어 일부 군사들을 대야성 밖으로 나가게 하려 했다.

"백제가 말을 뒤집은 것이 한두 번이 아닙니다. 윤충은 지금 달콤한 말로 우리를 유인하려고 하고 있습니다. 만약 우리가 성문을 활짝 열고 나간다면 반드시 적들에게 사로잡힐 것입니다. 그들에게 굴복하여 목숨을 구하는 것은 호랑이와 싸워 죽임을 당하는 것만 같지 못합니다."

죽죽이 반대하고 나섰다.

김품석이 그의 말을 듣지 않고 성문을 열었다. 병졸들이 먼저 성 밖으로 나갔다. 그때였다. 성 밖에 엎드려 숨어 있던 백제 군사들이 달려들어 신라 군사들을 모조리 죽여버렸다. 김품석이 성 밖으로 나가려다가 장수와 병졸들이 죽었다는 말을 듣고, 땅바닥에 털썩 주저앉았다. 그는 먼저 아내 고타소랑을 죽인 다음 스스로 목숨을 끊었다.

이렇게 되자 죽죽은 남은 신라 군사들을 거두어 성문을 닫고 백제 군사들을 막았다. 성벽으로 백제 군사들이 기어올랐다.

"지금 전세가 이와 같으니, 얼마 안 남은 군사들과 적과 싸워보았자 우리가 이길 수 없습니다. 지금 살아 있을 때 항복하여 뒷날을 도모하는 게 어떻겠습니까?"

사지 용석이 죽죽에게 말했다.

"그대의 말이 마땅하다. 하지만 아버지가 나를 죽죽이라고 이름 지은 것은 나로 하여금 추울 때에도 시들지 않고 꺾일지언정 굽히지는 말라는 뜻이었다. 어찌 죽는 것을 두려워하여 살아 항복할 것인가?"

죽죽이 비장한 목소리로 말했다.

신라 군사들은 성벽을 타고 넘어오는 백제 군사들을 안간힘을 다해 막았으나 군사 숫자가 너무 모자라 당하여 낼 도리가 없었다. 마침내 죽죽과 용석은 백제 군사들이 휘두른 칼날에 대야성의 꽃으로 지고 말았다.

미후성에 있던 의자왕은 대야성을 점령했다는 소식을 듣고 대야성으로 갔다. 그는 윤충의 관직을 높이고 말 20필과 쌀 1천 석을 상으로 주었다. 그리고 전투에 참가한 병졸들에게도 차등을 두어 상을 주었다.

　대야성이 함락되고, 대야주 도독 김품석과 김춘추의 딸 고타소랑이 죽었다는 소식이 금성에 전해지자, 신라 조정과 백성들은 충격에 휩싸였다.

　이 슬픈 소식을 듣자 김춘추는 땅에 엎드려 통곡하였다. 한편으로 신라가 백제에 침략을 당한 것에 원통하고 분했고, 또 다른 한편으로 사랑하는 딸 고타소랑과 사위 김품석이 비극적인 최후를 맞았다는 일이 너무나 가여웠기 때문이었다. 김춘추는 마치 실성한 사람 같았다. 기둥을 붙들고 하루종일 눈도 깜박이지 않고 서 있었다. 사람들이나 동물 같은 것이 그의 앞을 지나가도 알지 못했다.

　"아아! 대장부가 어찌 백제를 집어삼키지 못할쏘냐!"

　김춘추는 어떻게 하면 백제를 멸망시킬 수 있을까 골똘하게 생각했다. 고구려의 힘을 빌려 백제를 칠 생각을 한 김춘추는 김유신을 찾아갔다.

　"대야성의 우리 군사들과 백성들이 백제군에게 억울하게 죽었소. 내 딸과 사위도 죽었소. 어찌 원수의 나라 백제를 멸망시키지 못한대서야 신라 사람이라 할 수 있겠소."

김춘추가 눈물을 흘리며 말했다.

"당장 백제를 멸망시키기는 몹시 어려운 일이오."

김유신이 무겁게 입을 뗐다.

"이 나라의 기둥인 우리 둘이 힘을 합친다면 어렵지 않은 일이오."

김춘추가 얼굴빛을 굳히며 말을 이어나갔다.

"자, 마음을 굳게 먹고 지혜를 모아 봅시다."

김유신이 김춘추의 두 손을 잡고 결연한 목소리로 말했다.

김춘추는 김유신 집을 나오자, 그 길로 궁궐로 들어가 선덕여왕 앞으로 나아가 머리를 조아렸다.

"제가 사명을 받들어 고구려에 가서 군사를 청해 백제에 대한 원한을 갚고자 합니다."

"고구려가 우리를 도와주겠느냐?"

"고구려에 가서 보장왕을 만나 군사를 청해 보려고 합니다."

"그건 매우 위험한 일이오."

선덕여왕이 근심스러운 얼굴로 말했다.

김춘추의 의지가 확고하다고 생각한 선덕여왕은 김춘추

의 청을 허락하였다.

『삼국사기』는 「옥문곡 설화」를 선덕여왕 5년(636년) 여름에 있었던 일로 기록하고 있고, 『삼국유사』는 겨울에 있었던 일로 기록하고 있다. 『삼국사기』에는 『삼국유사』의 기록과 조금 다르게 기록되어 있다. 『삼국사기』 권5 「신라본기」5 '선덕왕 5년' 조 기사에는 영묘사의 옥문지에 난데없이 모여든 게 '개구리'가 아니라 '두꺼비'로 기록되어 있다. 그리고 그 장소가 『삼국유사』 권1 「기이」1 ' 선덕왕지기삼사' 조에는 서쪽 교외의 부산 아래에 자리한 여근곡이라고 되어 있는데, 『삼국사기』에는 서남쪽 국경 지대 옥문곡이라고 기록되어 있다. 전반적으로 『삼국유사』의 기록이 『삼국사기』의 기록보다 자세하다.

대야성 함락 사건은 김춘추가 대외적인 외교 활동을 펼치는 직접적인 동기가 되었다. 대야성이 함락되어 백제가 신라의 목덜미에 칼을 겨눈 형세가 되어버렸다.

대야성은 옛 대가야의 백성들을 다스리는 데도 아주 중요한 성이었을 뿐만 아니라 왕도인 금성을 방어하는데 중요한 성이었다. 대야성에서는 금성까지는 불과 40킬로미터도 되지 않는 거리였다. 대야성의 함락으로 신라는 서부 국경 지대의 대부분을 백제에 빼앗겼다. 그리고 백제의 침략을 저지할 방어선은 압량주4 까지 후퇴하게 되었다.

대야주 사람 죽죽은 대야성 전투에서 남은 병사를 수습하여 끝까지 백제군에 항전하였다. 사지 용석은 백제군에 항복하여 뒷날을 도모하자 하였다. 그러나 죽죽은 "그대의 말도 옳다. 하지만 아버지가 나를 죽죽이라고 이름 지은 것은 나로 하여금 추운 때에도 시들지 않고 꺾일지언정 굽히지는 말라는 뜻이었네. 어찌 죽는 것을 두려워하여 살아 항복할 것인가?"하고, 힘써 싸우다가 용석과 함께 전사하였다.

이 이야기를 들은 선덕여왕은 죽죽에게 급찬의 관등을 추증했다. 그리고 그의 아내와 자식들은 선덕여왕으로부터 상을 받고 금성으로 옮겨 살게 되었다.

한편 『삼국사기』권5「신라본기」5 '태종무열왕 7년' 조에 백제에 귀순한 뒤 백제에서 18년가량 삶을 영위해 간

---

4 압량주(押梁州): 지금의 경상북 경주시 지역. 압독주(押督州)라고도 하였다. 삼한 시대에는 압독국(押督國)이었다가 파사이사금 23년(102년) 신라에게 멸망당했으며 지마이사금 때 압량군이 되었다. 일성이사금 13년(146년) 압량국이 반란을 일으켜 이를 평정하였다. 그 뒤 신라는 이곳에 압량주를 두고, 선덕여왕 11년(642년) 김유신을 군주(軍主)로 임명하였다.

모척과 검일의 최후에 대한 기록이 있다. 태종무열왕 7년
(660년) 백제가 신라에게 멸망당할 때 모척과 검일은 신라
병졸들에게 붙잡혔다. 대야성에 있을 때 모척과 검일은 함
께 모의해 백제 군사를 끌어들여 군량미 창고를 불살라 없
애 온 성안에 먹을 것이 떨어져 패멸하게 만든 죄, 김품석
부부를 강박해 죽인 죄, 백제 군사들과 함께 본국을 공격
한 죄로 사지가 찢겨서 강물에 던져졌다.

9. 김유신과 김춘추의 약속

김춘추가 고구려로 출발하는 날이 왔다. 김유신이 멀리까지 따라와 전송했다.

"내가 유신공과 더불어 한 몸으로 나라의 중신이 되어 있는바, 만일 내가 고구려에 갔다가 돌아오지 못하게 되는 일이 생긴다면 유신공의 책임은 더욱 무겁게 되는 것이오."

김춘추가 결연한 얼굴로 말했다.

"공이 만일 가서 고구려에서 못 돌아오는 일이 생긴다면 저의 말발굽이 반드시 고구려·백제 두 임금의 뜰을 짓밟아버릴 것이오. 진실로 그렇게 하지 못한다면 장차 무슨 면목으로 나라 사람들을 대하겠소.

김유신이 힘주어 말했다.

김춘추가 감격하고 기뻐하여 김유신과 함께 손가락을 깨물어 피를 마시고 맹세했다.

"내가 날짜를 계산하여 보건대 60일이면 돌아올 것이다. 만약 내가 60일이 지나도 우리나라로 돌아오지 않으면 다시 만나 볼 기약이 없을 것이오."

김춘추가 김유신의 두 손을 꼭 잡으며 말했다.

김유신과 작별 인사를 나누고 돌아온 김춘추는 여장을 갖추고 사간1 훈신과 함께 고구려를 향해 떠났다. 김춘추 일행이 대매현에 이르렀다. 고을 사람인 사간 두사지가 청포2 300보(步)3를 선사하였다.

영류왕(재위: 618년~642년)을 시해한 연개소문은 영류왕 동생의 아들, 보장을 왕위에 앉혔다. 보장왕(재위: 642년~668년)은 연개소문을 대막리지4에 임명했다. 나이 어린 보장왕은 연개소문의 그늘에 가려 왕으로서의 실권을 가지지 못했다. 연개소문이 하라는 대로 하는 꼭두각시였다. 김춘추가 온다는 소식을 들은 고구려 보장왕은 태대대로5 연개소문을 보내 객사를 정해주고 잔치를 베풀어 우대하였다. 식사 대접을 특별하게 하였다.

"신라 사신 김춘추는 보통 사람이 아닙니다. 이번에 온

---

1 사간(沙干): 신라의 17등 관위 중 8등의 관위다. 사찬·살찬 등으로 불리기도 했다.
2 청포(靑布): 모시 베.
3 330보(步): 43필.
4 대막리지(大莫離支): 고구려 후기의 으뜸 벼슬.
5 태대대로(太大對盧): 귀족들에 의하여 선출되는 고구려 말기의 수상직. 제1관등 인 대대로에서 분화, 발전된 것이다.

것은 아마 우리 고구려의 형세를 살피려는 것 같으니 왕은 도모하시어 후환이 없게 하소서."

어느 신하가 보장왕에게 말했다.

"지금 백제가 무도하여 긴 뱀과 큰 돼지처럼 잔인하고 탐욕스럽게 우리 영토를 침범하므로, 우리 임금께서 귀국의 군사를 얻어 그 치욕을 씻고자 하여 이렇게 저를 보내 대왕께 말씀을 드리는 것입니다."

김춘추가 의견을 아뢰었다.

"죽령은 본래 우리 땅이니 네가 만약 죽령 서북쪽 땅을 돌려준다면 군사를 내줄 수 있다."

보장왕이 김춘추에게 말했다.

"제가 임금의 명을 받들어 군사를 빌리고자 하는 터에, 대왕께서는 환란을 구원해 이웃 나라와 잘 지낼 생각은 않고 단지 사신을 위협하고 겁박하여 땅을 되돌려줄 것만을 요구하시니, 저는 죽음이 있을지언정 그 밖의 것은 모르겠나이다."

김춘추가 대답했다.

"……자, 오늘은 이만 늦었으니 객관6에 가서 쉬도록 하

---

6 객관(客館): 나그네들이 묵을 수 있는 객지의 숙소. 객사(客舍).

십시오."

보장왕이 노기를 누르고 일어섰다.

객관으로 돌아온 김춘추는 자신이 보장왕에 의해 갇혀 있게 되었다는 것을 알아챘다. 그는 오도 가도, 못하고 고구려에 갇혀 있는 신세가 되고 말았다. 그가 갇혀 있는 객관 밖에는 많은 군사가 창과 칼을 들고 감시를 하고 있어, 한 발짝도 움직일 수 없었다.

김춘추는 어떻게 할 것인가 궁리를 하다가 두사지라는 사람이 준 청포 3백 보를 떠올렸다. 그는 그것을 아무도 몰래 보장왕이 총애하는 신하인 선도해7에게 주었다.

선도해가 음식을 차려 와서 함께 술을 마셨다.

"……일찍이 거북과 토끼의 이야기를 들어 본 적이 있습니까? 옛날에 동해 용왕의 딸이 심장병을 앓았는데 의원의 말이 '토끼 간을 얻어 약을 지으면 치료할 수 있겠습니다.' 라고 했습니다. 그러나 바닷속에는 토끼가 없으니 어찌할 수가 없었습니다. 이때 거북이 한 마리가 용왕에게 아뢰기를 '제가 그것을 구해 올 수 있습니다.'라고 했습니다. 마침

---

7 선도해(先道解): 고구려에 투옥된 김춘추의 탈옥(脫獄)을 도와준 벼슬아치.

내 육지로 나와서 토끼를 만나 말하기를 '바다 가운데에 섬 하나가 있는데, 맑은 샘과 깨끗한 돌이 있고, 무성한 숲과 맛 좋은 과일이 있으며, 추위와 더위도 없고, 사나운 매와 새매가 침범하지 못한다. 네가 만약 그곳에 갈 수만 있다면 편안하게 살아 아무 근심이 없으리라.'라고 했습니다. 그로 인해 거북은 토끼를 등에 업고 2~3리쯤 헤엄쳐가다가, 거북이가 토끼를 돌아보며 말하기를 '지금 용왕의 딸이 병에 걸렸는데 모름지기 토끼 간이 약이 된다고 하기에 수고로움을 꺼리지 않고 너를 업고 오는 것이다.'라고 했습니다. 이에 토끼가 말하기를 '아뿔싸! 나는 신명[8]의 후예라, 능히 오장을 꺼내어 씻어 넣을 수 있다. 지난번에 마음에 약간 번거로움이 있는 듯하여 간과 심장을 꺼내 씻어서 잠시 바위 밑에 두었는데, 너의 달콤한 말을 듣고 서둘러 오느라 간이 아직도 그곳에 있으니, 어찌 되돌아가서 간을 가져오지 않겠는가? 그렇게 한다면 너는 구하는 것을 얻게 되고, 나는 비록 간이 없다 하더라도 살 수 있으니, 어찌 서로가 다 좋은 일이 아니겠는가?'라고 했습니다. 거북이 그 말을

---

8 신명(神明): 하늘과 땅의 신령.

믿고 되돌아갔습니다. 막 해안에 오르자마자 토끼가 거북으로부터 벗어나 풀 속으로 도망치며 거북에게 말하기를 '너는 어리석구나! 어찌 간 없이 살 수 있는 자가 있겠는가?'라고 했습니다. 이에 거북이 멍하니 아무 말도 하지 못하고 물러갔다 합니다."

술이 얼근히 올랐을 때 선도해가 농담조로 말했다.

김춘추가 그 말을 듣고 선도해의 의중을 깨달아 보장왕에게 글월을 보내 제의했다.

"마목현과 죽령은 본래 대국9의 땅입니다. 신(臣)이 귀국하면 우리 왕께 청하여 반환하도록 하겠습니다. 제 말을 믿지 못하신다면 저 밝은 해를 두고 맹세하겠습니다."

보장왕은 이에 기뻐하였다.

한편 김춘추가 고구려에 간 지 60일이 지나도록 돌아오지 않자, 김유신은 고구려를 치고자 날래고 용감한 군사 1만 명을 선발했다.

"내가 들으니 위태로움을 보면 목숨을 내어놓고, 나라가 어려움에 처하면 자기 몸을 돌보지 않는 것이 열사의 뜻이

---

9 대국(大國): 여기서는 '고구려'를 지칭한다.

라 한다. 무릇 한 사람이 목숨을 바치면 백 명을 당할 수 있고, 백 사람이 목숨을 바치면 천 명을 당할 수 있으며, 천 사람이 목숨을 바치면 만 명을 당할 수 있을 것이니 천하에 거리낌이 없을 것이다. 지금 나라의 어진 재상이 다른 나라에 억류되어 있는데, 어찌 두렵다고 하여 어려움을 피하겠는가!"

김유신이 군사들을 향해 말했다.

"비록 만 번 죽고 겨우 한 번 살 수 있는 곳에 가더라도 감히 장군의 명령을 따르지 않겠습니까?"

군사들이 우렁차게 대답했다.

드디어 김유신은 선덕여왕에게 청하여 군사 출동 기일을 정하였다. 그때 고구려 첩자 승려 덕창이 사람을 시켜 보장왕에게 이 사실을 알렸다. 보장왕은 이미 김춘추의 맹서하는 약속을 받았고, 또 첩자의 보고를 받았는지라 김춘추를 더 억류하여 둘 수가 없어 후하게 대접하여 돌려보냈다.

김춘추는 부지런히 말을 달려 국경에 도착했다. 국경을 넘어 계속 달렸다. 얼마를 달렸을까? 뿌연 먼지를 일으키며 군사들이 말을 타고 달려오고 있었다. 김유신이 이끄는 1만 결사대였다.

김춘추는 1만 결사대를 이끌고 달려오는 김유신이 한없이 고마웠다.

김유신은 압량주 군주가 되었다. 그는 이때부터 신라에서 군사의 중요한 직책을 맡게 되었다.

선덕여왕 13년(644년) 김유신은 소판이 되었다. 그해 9월 그는 상장군10이 되어 백제의 가혜성, 성열성, 동화성 등 성 일곱 성을 공격하여 크게 이겼다.

「구토설화」는 인디아의 『본생경』11에 실려 있는 불전설화인 「용원설화」를 모태12로 하고 있다. 「용원설화」의 줄거리는 다음과 같다. 바닷속에 용왕이 살았다. 그의 왕비가 임신하여 원숭이의 염통을 먹고 싶다고 했다. 용왕은 원숭이의 염통을 구하기 위하여 육지로 나왔다. 나무 위에서 열매를 따 먹고 있는 원숭이를 만나 유인해 등에 업고 바다를 헤엄쳐 갔다. 염통을 나뭇가지에 걸어 두고 왔으니 얼른 다시 가

---

10 상장군(上將軍): 신라 때, 대장군의 다음이고 하장군의 상위에 있던 무관.
11 본생경(本生經, jataka): 석가모니(釋迦牟尼)가 전세(前世)에서 아직 수행자였던 무렵의 설화를 모은 경서(經書)로 십이부경(十二部經)의 하나.
12 모태(母胎): 사물의 발생·발전의 근거가 되는 토대.

지러 가자는 원숭이의 기지에 속아 용왕은 원숭이를 다시 육지로 업고 나왔다. 원숭이는 육지에 나오자마자 나무 위에 올라가서 내려오지 않고 용왕을 보고 비웃기만 하였다. 한편 「구토설화」는 『수이전』13에 나오는 「용원설화」와 서사 구조가 거의 같다. 인간의 속성을 동물에 빗대어 묘사한 「구토설화」는 우화로 위기 상황에서 기지를 발휘한 토끼의 행위에 초점을 맞추면 이 설화는 위기 극복의 지혜를 주제로 하고 있다고 볼 수 있다. 다양한 해석이 가능한 「구토설화」는 판소리 다섯 마당 가운데 하나로 「토끼타령」·「별주부가」·「토별가」라고도 하는 「수궁가」와 자라를 주인공으로 한 판소리계 소설인 「별주부전」에 영향을 끼쳤다.

---

13 수이전(殊異傳): 원명은 '신라수이전(新羅殊異傳)'이다. 저자에 관해서는 여러 학설이 있으나 모두 불확실하다. 각훈이 지은 『해동고승전』 「아도전(阿道傳)」에는 저자가 박인량으로 밝혀져 있다.

10. 비담의 난

선덕여왕 14년(645년) 봄 정월 김유신이 전쟁터에서 돌아와 아직 선덕여왕을 알현하지도 못했는데, 백제의 대군이 쳐들어와 매리포성을 공격한다는 급한 보고가 들어왔다. 선덕여왕이 다시 김유신을 상주장군으로 임명하여 백제군을 막게 했다. 김유신이 이끄는 신라 군사들은 매리포성에 이르러 백제 군사들을 반격하여 쫓아냈다. 목을 벤 것이 2천 명이었다.

봄 3월에 김유신은 왕궁에 돌아와 복명하고 미처 집으로 돌아가지도 못했는데, 또다시 백제 군대가 국경 지대에 출동하여 주둔하면서 많은 군사로 신라 군사들을 치려고 한다는 급보가 들어왔다.

"공은 수고로움을 꺼리지 말고 급히 가서, 백제 군사들이 이르기 전에 대비하시오!"

선덕여왕이 김유신에게 말했다.

김유신은 또다시 집에 들르지 않고 군사를 훈련하고 병기를 수선하여 서쪽을 향해 말머리를 돌렸다. 이때 김유신의 집안사람들이 모두 문밖에 나와서 그가 오는 것을 기다리고 있었다.

김유신은 말을 타고 그 앞을 지나치면서 돌아보지도 않았다. 그가 탄 말이 집 앞으로부터 50보쯤 갔을 때였다. 그가 갑자기 말을 멈췄다.

"우리 집에 가서 마실 물을 가져오너라."

김유신이 말했다.

병졸이 김유신의 집으로 가서 물을 가져와 그에게 올렸다.

"우리 집 물은 여전히 옛 맛 그대로구나!"

김유신이 병졸에게 물그릇을 내주었다.

이 광경을 본 신라 군사들은 용기가 치솟았다.

"우리 대장군께서도 오히려 이와 같으신데, 우리가 어찌 가족들을 못 보고 싸움터로 다시 나가는 것을 한스럽게 여길 수가 있겠는가."

신라 군사들은 모두 한 마음이 되어 김유신의 뒤를 따랐다.

선덕여왕 16년(647년) 대신 비담과 염종이 '여왕이 나라를 잘 다스리지 못한다'는 구실로 군사를 일으켜 선덕여왕을 폐위하고자 했다. 선덕여왕은 궁성 안에서 방어하였다. 비담 등은 명활성에 주둔하고 왕의 군사는 월성에 군영을 차렸다.

서로 치고 막고 하는 팔 일째 되는 날, 선덕여왕이 세상을 떠났다. 시호[1]를 선덕이라 하고, 낭산에 장례하였다. 선덕여왕의 뒤를 이어 진덕여왕(재위: 647년~654년)이 왕위에 올랐으나 왕족 쪽의 군사들은 사기가 말이 아니었다. 진덕여왕의 근심도 이만저만이 아니었고 알천 등 신라 귀족들도 위기감을 느끼고 있었다.

　　어둠이 밀려왔다. 자정에 큰 별이 월성에 떨어졌다.

　　"내가 듣건대 '별이 떨어진 아래에는 반드시 유혈이 있다' 한다. 이는 틀림없이 여왕이 패망할 조짐일 것이다."

　　비담 등이 사람들에게 말했다.

　　사람들이 환호하는 소리가 땅을 뒤흔들었다.

　　"길하고 흉한 것은 정해진 것이 아니라 오직 사람들이 불러오는 것입니다. 은나라 주왕은 봉황이 나타났어도 망하였고, 노나라 애공은 기린을 잡은 뒤에도 쇠망했으며, 은나라 고종은 장끼가 울었음에도 중흥을 이루었고, 정(鄭)나라는 두 마리 용이 서로 싸웠음에도 창성했던 것입니다. 그러므로 덕(德)이 요망한 것을 이긴다는 사실을 알 수 있습니

1　시호(諡號): 제왕·경상(卿相)·유현(儒賢)이 죽은 뒤에, 그 공덕을 칭송하여 추증(追贈)하던 이름.

다. 별이 떨어진 변괴 따위는 두려워할 것이 못됩니다. 청컨대 전하께서는 근심하지 마십시오."

김유신이 진덕여왕에게 아뢰었다.

월성에 어둠이 짙게 찾아오자, 김유신은 별똥별이 떨어진 자리에다 향을 피우고 기도를 올렸다. 그는 병졸들이 만들어온 허수아비에다 불을 붙여 연에 실어 날려 보냈다. 마치 별이 하늘로 올라가는 것 같았다. 다음날 김유신은 사람들을 시켜 거리에서 소문을 퍼뜨리도록 했다.

"지난번 떨어졌던 별이 다시 하늘로 올라갔다."

사람들은 열심히 소문을 퍼뜨렸다. 그러자 비담의 반란군들로 하여금 의구심을 품게 했다. 그러고 나서 여러 장수와 병졸을 독려하여 힘껏 비담의 반란군들을 공격하게 했다. 비담 등이 패배하여 달아났다. 반란군들을 추격하여 비담의 목을 베고, 연루자 30인을 죽였다.

비담의 반란이 진압된 뒤 김유신과 함께 반란 진압에 많은 애를 쓴 알천을 상대등으로 임명하고, 대아찬2 수승을

---

2 대아찬(大阿湌): 신라 때, 17관등의 다섯째 등급. 파진찬의 아래, 아찬의 위.

우두주3의 군주로 삼았다. 비담 등의 반란 진압 과정에서 금관가야계 출신인 김유신은 신라 중앙정부의 운명을 결정하는 데 큰 공을 세웠고, 또 그로 인하여 신라 중앙정부에 대한 그의 영향력도 커질 수 있었다.

선덕여왕 11년(642년)부터 본격적으로 고구려와 백제의 침공을 받았던 신라는 국가를 보존하려는 자구책의 일환으로 당나라와 연합하려고 거의 매년 당나라에 조공 사신을 파견하였다. 선덕여왕의 구원 요청을 받은 당나라 태종이 신라의 사신에게 "여왕이 나라를 통치하기 때문에 권위가 없어 고구려·백제 두 나라의 침공을 당하게 되었다"고 말했다. 신라의 사신이 귀국하여 당나라 태종이 말한 것을 전하자, 신라 정계는 파문에 휩싸였다. 선덕여왕 16년(647년) 1월에는 상대등 비담과 염종 등 진골 귀족들이 선덕여왕이 나라를 잘 못 다스린다는 구실로 반란을 일으켰다. 그러나 김춘추와 김유신이 이를 진압했다.

---

3 우두주(牛頭州): 선덕여왕 6년(637년) 지금의 강원도 춘천시인 우두에 설치한 상급 지방행정 구역 주(州)의 거점. 우수주라고도 했다.

11. 비녕자의 죽음

　진덕여왕 원년(647년) 가을, 백제가 대군을 일으켜 신라로 쳐들어왔다. 백제의 군사들은 무산·감물·동잠 등 3성을 공격하였다. 김유신이 보병과 기병 1만 명을 이끌고 대항하였다. 그러나 백제 군사들이 매우 날카로워 김유신이 이끄는 신라 군사들은 고전하다가 승리하지 못했다.

　사기는 꺾이고 힘은 떨어져 갔다. 김유신은 비녕자가 힘껏 싸워 적진 깊숙이 들어갈 뜻이 있는 것을 알고 그를 불렀다.

　"추운 겨울이 된 뒤에야 소나무와 잣나무가 맨 나중에 시든다는 사실을 아는 법이다. 오늘 사태가 위급하게 되었으니 그대가 아니면 누가 힘을 떨치고 기묘한 계책을 내서 여러 사람의 마음을 격동시킬 수 있겠는가?"

　김유신이 말했다.

　이어서 그는 비녕자와 함께 술을 마시면서 은근한 마음을 보였다.

　"지금 하고많은 사람 가운데 유독 저에게 일을 부탁하시니 이는 저를 믿는 줄로 알겠습니다. 마땅히 죽음으로써 그 뜻에 보답하겠나이다."

비녕자가 두 번 절하고 말했다.

이번 전쟁터에는 비녕자의 아들 거진도 와 있었다. 그뿐만 아니라 그의 집 하인 합절도 와 있었다.

"내가 오늘 위로는 나라를 위하고 아래로는 나를 알아주는 이를 위해 죽을 것이다. 내 아들 거진은 비록 나이는 어리기는 하지마는 장한 뜻이 있다는 걸 나는 잘 알고 있다. 만약 아버지와 아들이 한꺼번에 죽을 것 같으면 집사람들은 장차 누구에게 의지하여 살아가겠느냐? 너는 거진과 함께 나의 주검을 잘 수습하여 돌아가 그 어미의 마음을 위로하라"

비녕자가 합절에게 말했다.

비녕자가 말에 채찍질하며 창을 비껴들고 적진으로 돌입하였다. 백제 군사 여럿을 죽이고 목숨을 잃었다. 거진은 당장에 적진으로 달려가고자 말고삐를 잡았다.

"대인께서 저에게 말씀하시기를 도련님과 함께 집에 돌아가서 부인마님을 편안히 위로하라고 하셨습니다. 이제 자식이 아버지의 명령을 어기고 어머니의 자애를 저버린다면 효도라고 할 수 있겠습니까?"

합절은 말고삐를 잡고 놓지 않았다.

"아버지가 죽는 것을 보면서도 구차하게 산다면 이것이 어찌 효자라 하겠느냐?"

거진이 말했다.

곧바로 칼로 합절의 팔을 치고 말을 달려 적진으로 달려들어가 싸우다 죽었다.

"상전이 모두 죽었는데 내가 죽지 않으면 무엇을 하겠는가?"

합절이 말을 끝내고 창을 높이 치켜들고 적진으로 뛰어가 칼을 맞부딪치다가 죽었다. 신라 군사들이 멀리서 세 사람의 죽음을 보고 격동하여 서로 앞을 다투어 적진으로 달려 나갔다. 신라 군사들이 향하는 곳마다 백제 군사들의 예봉을 꺾고 진지를 함락시켰다. 백제 군사들을 크게 깨뜨려 3천여 명의 목을 베었다. 김유신이 세 사람의 시체를 거두어서 자기의 옷을 벗어 덮어주고 슬피 울었다.

진덕여왕이 소식을 듣고 눈물을 흘리면서 예를 갖추어 반지산에 합장하고, 그들의 처자와 9족에게 은혜로운 상을 더욱 넉넉하게 주었다.

진덕여왕 3년(649년) 가을, 다시 힘을 정비한 백제의 좌평 은상이 군사를 거느리고 신라의 석토성 등 7성을 공격해왔

다. 대장군[1] 김유신이 장군 진춘·죽지·천존 등에게 명해 막
게 했다. 신라 군사들은 여기저기 옮겨 다니며 열흘 동안이나
백제 군사들과 치열하게 전투를 벌였다. 그러나 쉽게 승부가
나지 않았다. 죽어 넘어진 시체가 들에 가득했다. 흐르는 피
가 내를 이루어 피에 방패가 떠다닐 지경에 이르렀다.

신라군은 도살성[2] 아래에 주둔하게 되었다. 말들에게도
먹이를 충분히 주면서 쉬게 하고, 병졸들에게 음식을 제공
하면서 다시 거병할 것을 꾀하고 있었다. 갑자기 동쪽으로
부터 물새 한 마리가 날아와 김유신의 군막[3] 위를 지나갔
다. 장군과 병졸들이 보고 불길한 징조라고 말했다.

"이것은 괴이하게 여길 일이 아니다. 금일 반드시 백제
사람이 와서 염탐할 것이다. 너희들은 짐짓 모르는 체하고
함부로 수하를 하지 말라."

김유신이 말했다.

그리고는 병졸을 시켜 군대 사이를 돌아다니며 전령[4]을

---

1 대장군(大將軍): 신라 때, 무관을 대표하는 책임 있는 사람.
2 도살성(道薩城): 충청남도 천안시 또는 충청북도 괴산군 도안면 등으로 비정되는
  삼국시대 고구려의 성곽.
3 군막(軍幕): 군대에서 쓰는 장막.
4 전령(傳令): 부대 간에 명령을 전달함. 또는 그 병사. 전령병.

돌리게 했다.

"성을 굳게 지키고 움직이지 말라. 내일 아침 원군이 오는 것을 기다린 다음에 결전을 하겠다."

김유신이 천천히 입을 뗐다.

간자는 그 말을 듣고 돌아가서 좌평 은상에게 보고했다. 백제 군사들은 신라의 원병이 오는 줄 알고 두려워하지 않을 수 없었다. 김유신 등이 일시에 백제군을 공격하여 크게 이겼다. 장군 달솔5 정중과 병사 100명을 생포하고 좌평 은상, 달솔 자견 등 10명과 병사 8천 9백 80명의 목을 베었다. 노획한 말이 1만 마리였으며, 투구가 1천 8백 벌이었고, 그 밖의 전투 장비도 그 규모에 맞먹었다. 돌아오다가 길에서 백제의 좌평 정복과 병사 1천 명이 항복해 오기도 했으나 모두 석방하여 각자 마음대로 가도록 했다. 김유신이 개선군을 거느리고 금성에 이르자, 진덕여왕이 성문까지 나와 맞이하고, 노고를 극진하게 위로했다.

신라에서 화랑도는 청소년 수련 단체로서 교육적·군사

---

5 달솔(達率): 백제의 관등으로 16관등 가운데 2품이다. 『후주서(後周書)』에 보면 정원은 30명으로, 1품인 좌평 다음으로 기록되어 있다.

적 기능을 가지고 있었다. 높은 사람의 아들 가운데서 행실이 올바르고 단정하게 생긴 사람만을 골라 뽑았다. 그 화랑을 우두머리로 하여 시도 짓고 무술도 익히고 여러 가지 도를 닦는 청소년 수련 단체가 화랑도였다.

신라가 삼국통일을 이룩할 때까지 큰 역할을 한 화랑도는 군사적 측면에서 볼 때도 군인의 보충을 목적으로 모병할 때 중요한 역할을 했다. 기록에 남아 있는 화랑으로는 사다함 · 김유신 · 관창 · 원술랑 · 비녕자 · 죽지랑 등이 있다.

『삼국사기』「열전」 '비령자' 조에 실려 있는 「비녕자」는 세속오계의 네 번째 계(戒)인 '전쟁에 임하여 물러서지 않음(임전무퇴)'의 정신을 보여주는 전기문이다. 비녕자는 신라 중고기의 화랑이다. 진덕여왕 원년(647년) 백제의 대군이 무산 · 감물 · 동잠 등 3성을 공격해오자, 신라군의 사기가 떨어졌다. 비녕자는 주저하지 않고 나라를 위하는 마음으로 적진에 돌진하여 적과 싸우다 죽었다. 이를 본 그의 아들 거진은 적진으로 돌진하여 싸우다 죽었다. 하인 합절도 그들의 뒤를 따랐다. 이들 3인의 용맹과 죽음은 신라군의 사기를 크게 북돋우어 주었다. 신라군은 적진으로 돌진하여 큰 승리를 거두게 되었다. 김부식은 나라를 위해 자신의 목숨을 던진 비녕자의 충(忠), 그 아들 거진의 효(孝), 종 합절의 의(義)를 장엄하게 그렸다.

12. 김춘추의 대당 외교

진덕여왕 2년(648년) 이찬 김춘추와 그의 셋째 아들 김문왕[1]을 당나라에 보내 조공하였다. 당나라 태종이 광록경[2] 유형을 보내어 교외까지 보내 김춘추 일행을 마중하고 위로하게 하였다. 김춘추 일행이 궁성에 도착하자 김춘추의 용모가 영특하고 늠름한 것을 보고 두터이 대우했다. 김춘추가 국학에 나아가 석전[3]과 강론을 참관하고자 청하자 태종이 이를 허락했다. 아울러 자신이 친히 지은 「온탕비」[4]와 「진사비」[5] 및 새로 편찬한 『진서』[6]를 내려주었다.

---

1 김문왕(金文汪,?~665년): 태종무열왕의 셋째 아들인 왕자. 진덕여왕 2년(648년)에 아버지의 명으로 당나라에 조공사로 다녀왔고, 이때 당나라에서 좌무위장군의 벼슬을 받았다.

2 광록경(光祿卿): 당나라 9시(寺) 중의 하나인 광록시(光祿寺)의 장관으로 종3품의 벼슬.

3 석전(釋奠): 국학과 같은 유학 교육기관에서 공자를 비롯한 유교의 성현을 제사하는 의식.

4 온탕비(溫湯碑): 당나라 태종이 여산의 온천에 가서 세운 비.

5 진사비(晉祠碑): 당나라의 태종(太宗)이 진사(晉祠)에 관해서 지은 비.

6 진서(晉書): 서진(西晉) 4대 54년과 동진(東晉) 11대 120년간의 일을 기록한

어느 날 태종이 김춘추를 연회 자리에 불러 사사로이 만나서 금과 비단을 매우 후하게 주었다.

"그대는 무슨 생각을 마음속에 품고 있는가?"

태종이 물었다.

"신(臣)의 나라는 후미진 바다 모퉁이에 치우쳐 있으면서도 공순하게 대국7의 조정을 엎드려 섬긴 지 여러 해가 되었습니다. 그런데 백제는 억세고도 교활하여 여러 차례 능멸하고 멋대로 침범해 왔습니다. 더욱이 지난해에는 군사를 크게 일으켜서 깊숙이 쳐들어와 수십 개의 성을 쳐서 짓밟아서 대국에 입조할 길조차 막아버렸습니다. 만약 폐하께서 천조8의 군사를 빌려주시어 저 흉악한 무리를 잘라 없애주지 않으신다면 저희 나라 백성들은 모두 저들에게 사로잡히고 말 것입니다. 그렇다면 산 넘고 바다 건너 조알9하고 조공하는 일은 다시는 바랄 수가 없을 것입니다."

정사(正史)이다.

7 대국(大國): 신라에서 중국을 부르던 말.

8 천조(天朝): 천자의 조정(朝廷)을 제후의 나라에서 일컫던 말.

9 조알(朝謁): 예전에, 왕세자가 책봉된 뒤에 부왕(父王)을 뵙는 예식을 이르던 말.

김춘추가 무릎을 꿇고 아뢰었다.

태종이 매우 옳다고 여겨서 김춘추와 군사의 출정을 허락하는 나·당군사협정을 맺었다.

김춘추가 또한 공복10을 고쳐서 당나라의 제도에 따를 것을 청하자 이에 내전11에서 진귀한 옷을 꺼내어 김춘추와 그를 따라온 사람들에게 내려주었다. 이어서 조서를 내려 김춘추에게 관작을 주어 특진12으로 삼고, 김문왕을 좌무위장군13으로 삼았다.

김춘추 일행이 신라로 돌아오려 할 때 태종은 조칙을 내려 3품(品) 이상 관리로 하여금 연회를 베풀어 전송하게 하니, 그 예우하는 것이 매우 극진했다.

"신에게 아들이 일곱이 있사옵니다. 바라건대 폐하의 곁을 떠나지 않고 숙위할 수 있도록 해주십시오."

김춘추가 아뢰었다.

이에 당 태종은 김춘추의 셋째 아들 김문왕에게 명해숙

---

10 공복(公服): 관원이 평상시 조정에 나아갈 때 입던 제복.
11 내전(內殿): 예전에, 궁궐 안에 임금이 거처하는 전각을 이르던 말.
12 특진(特進): 당나라 정2품의 문산관(文散官) 벼슬.
13 좌무위장군(左武衛將軍): 당나라 중앙 군제(軍制)의 하나인 좌무위에 속한 종3품의 무관직.

위하도록 했다.

김춘추는 김문왕을 당나라에 남겨두고 수행원들과 함께 신라로 향하였다. 당나라에서 신라로 돌아오는 뱃길은 순탄한 것만은 아니었다. 태풍을 만나 배가 부서져 목숨을 잃는 일도 자주 생겼고, 해적이 나타나 물건을 빼앗고 생명마저 빼앗기도 하였다. 그러나 무엇보다도 신라 사람들에게 무서운 것은 고구려의 순라선[14]이었다.

김춘추가 돌아오는 길에 바다 위에서 고구려의 순라병[15]을 만났다. 김춘추의 시종인 온군해[16]가 높은 사람이 쓰는 모자를 쓰고 귀한 사람이 입는 옷을 입고 배 위에 앉아 있었다. 순라병이 그를 김춘추로 여기어 잡아 죽였다. 김춘추는 작은 배를 타고 신라에 당도하였다. 진덕여왕이 이 일을 듣고 애통해했다. 온군해에게 대아찬의 관위를 추증하고, 그 자손들에게 후하게 상을 내려주었다.

---

14 순라선(巡邏船): 두루 돌아다니며 잘못된 일이 일어나지 않도록 사정을 살피고 경계하는 배.
15 순라병(巡邏兵): 경계하기 위하여 관할 구역을 순찰하는 일을 맡았던 군인이나 군대.
16 온군해(溫君解): 진덕여왕 2년(648년) 신라의 김춘추를 고구려 순라병에게서 구한 관리.

진덕여왕 4년(650년) 당나라에 사신을 보내 649년 신라의 석토성 등 7성을 대대적으로 공격해온 백제군을 김유신이 이끄는 신라군이 무찌른 사실을 알렸다. 이때 진덕여왕은 「태평송」[17]을 지어 비단에 수놓아 김춘추의 첫째 아들 김법민(626년~681년)을 시켜 당나라 고종(재위: 649년~683년)에게 바쳤다. 그 내용은 이러하다.

위대한 당나라가 왕업을 여시니,
황제의 드높은 교화가 창성하도다.
전쟁이 그치니 군사들은 시름 놓고,
문교(文敎)를 닦아서 대대로 이었도다.
하늘을 대신하여 은혜도 높을시고,
만물을 다스리니 저마다 빛을 내도다.
가없는 어진 덕은 해와 달과 조화되어,
시운을 어루만져 태평세월을 지향하도다.
나부끼는 깃발은 어찌 그리 빛이 나며,

---

17 태평송(太平頌): 「치당태평송(致唐太平頌)」, 「직금헌당고종(織錦獻唐高宗)」이라고도 하는 「태평송」은 『삼국사기』 권5 「신라본기」 '진덕왕 4년' 조에 실려 있다.

징과 북 소리는 어이하여 그리도 우렁찬가.

황제 명령 거역하는 외방의 오랑캐는,

한칼에 잘리고 넘어져 천벌을 받으리도다.

밝고 어두운데 없이 순박한 풍속이 어리었고,

멀리서 가까이서 저마다 상서로움 아뢰도다.

사철의 기후는 옥촉18같이 고르고,

해와 달과 별들이 만방을 두루 비치도다.

산의 신령은 어진 재상을 내리고,

황제는 어질고 성실한 신하에게 일을 맡기도다.

3황19 5제20의 덕을 하나로 합쳐 이루었으니,

우리의 당나라 황실 밝게 비추리도다.

대당개홍업(大唐開洪業),

외외황유창(巍巍皇猷昌).

지과융의정(止戈戎衣定),

---

18 옥촉(玉燭): 사철의 기후가 고르고 날씨가 화창하여 해와 달이 훤히 비치는 것
   을 말한다.

19 3황(三皇): 백성들에게 화식(火食)하는 방법을 가르친 수인씨, 목축을 가르친
   복희씨, 농사짓는 법을 가르친 신농씨 등 세 임금을 말한다.

20 5제(五帝): 황제 · 전욱 · 제곡 · 요(堯) · 순(舜) 등 다섯 임금을 말한다.

수문계백왕(脩文繼百王).

통천숭우시(統天崇雨施),

리물체함장(理物體含章).

심인해일월(深仁諧日月),

무운매시강(撫運邁時康).

번기하혁혁(幡旗何赫赫),

정고하굉굉(鉦鼓何鍠鍠).

외이위명자(外夷違命者),

전복피천앙(剪覆被天殃).

순풍응유현(淳風凝幽顯),

하이경정상(遐邇競呈祥).

사시화옥촉(四時和玉燭),

칠요순만방(七曜巡萬方).

유악항재보(維嶽降宰輔),

유제임충량(維帝任忠良).

오삼성일덕(五三成一德),

소아당가광(昭我唐家光).

당나라 고종은 이 글에 흡족해했다. 김법민을 대부경으로 임명해 신라로 돌려보냈다. 신라는 이 해에 처음으로 중국의 연호인 영휘를 사용하기 시작했다.

진덕여왕 8년(654년), 진덕여왕이 사망했다. 왕위를 계승할 후계자가 없으므로 그녀의 뒤를 이을 사람을 뽑기 위하여 대신들이 모였다.

"왕족 중에서 나이가 제일 많은 상대등 알천이 왕위에 오르는 게 좋겠습니다."

대신들 가운데 한 사람이 천천히 입을 열었다.

"나는 이미 늙었고 덕행도 이렇다 할 것이 없습니다. 임금이 될 덕망이 높기는 김춘추공 만한 사람이 없습니다. 어려운 처지에 있는 우리나라를 구할 사람은 김춘추공이 임금이 되어야 한다고 생각합니다."

알천이 천천히 말했다.

알천은 자신과 같은 옛 귀족들의 시대는 끝나가고 있다는 것을 깨닫고 있었다. 한창 세력이 뻗어 나가고 있는 김유신과 김춘추 같은 새 귀족들과 다툼에서 그가 이길 수 없다는 것을 그는 누구보다도 잘 알고 있었던 것이다.

마침내 대신들은 김춘추를 새 임금으로 받들기로 했다. 그는 세 번 사양하다가 왕위에 올랐다. 그가 바로 태종무열왕이다.

오언고시21로 형식상 20구 10운으로 짜여진 「태평송」은 당나라의 위엄과 문화적 우월성을 인정하고 칭송하는 내용으로 이루어져 있다. 주로 한(漢)나라와 당(唐)나라의 시와 당나라와 송(宋)나라의 고문22을 모범으로 수사적 기교에 중점을 둔 장식적인 문학론인 사장23의 전례라는 점에서 문학사적 의의가 있는 작품이다. 당나라의 군사적 지원을 받기 위해 고종을 칭송하고 있어 사대적이라고 비판받기도 하지만 세속의 기풍이 전혀 보이지 않는다. 고려 시대 문인 이규보는 「태평송」이 당나라 초엽의 어느 명작과 비교하더라도 우열을 가리기 어렵다고 평했다.

중국 명나라 초기 고병24이 편찬한 『당시품휘』25에서도 고상하고 예스러우며 웅장하고 혼연하다고 평했다. 「태평송」의 지은이를, 『동문선』26에서는 무명씨27로 기술하고 있고, 『삼

---

21 오언고시(五言古詩): 한시에서, 한 구가 다섯 글자로 이루어진 고체.

22 고문(古文): 사륙변려체의 글에 대해 진한(秦漢) 이전의 실용적인 고체(古體) 산문.

23 사장(詞章·辭章): 시가(詩歌)와 문장.

24 고병(高棅, 1350년~1423년): 명(明)나라 학자. 박학(博學)하고 문장에 능했으며 특히 시에 뛰어났다. 저서에 『소대집(嘯臺集)』·『당시품휘(唐詩品彙)』 등이 있다.

25 당시품휘(唐詩品彙): 명(明)나라의 고병이 성당시(盛唐詩)를 고취하기 위한 목적으로 편찬한 당시선집(唐詩選集).

26 동문선(東文選): 조선전기 문신·학자 서거정 등이 왕명으로 우리나라 역대 시문을 모아 1478년에 편찬한 시문선집.

국사기』와 『대동시선』28에는 진덕여왕으로 기술하고 있다.

진덕여왕 원년(647년) 일본에 사신으로 다녀온 김춘추는 그 이듬해 둘째 아들 김인문과 함께 수행원들을 거느리고 당나라로 건너가 당나라 태종과 나·당군사협정을 체결하는 데 성공했다. 당나라가 김춘추를 반갑게 맞아준 데에는 그 당시 당나라와 국경을 맞대고 있는 고구려와의 사이가 껄끄러웠기 때문이었다. 김춘추는 석전과 강론을 참관하는 등 문화 외교를 병행했다. 그리고 김춘추는 셋째 아들 김문왕을 숙위로 남겨놓아 친당정책29을 지속할 것이라는 뜻을 태종에게 보여주었다. 당나라에서 귀국한 김춘추는 친당정책을 폈다. 신라가 써오던 자주적인 연호를 버리고 당나라 연호인 영휘를 신라의 연호로 채택했다. 그리고 공복30도

---

27 무명씨(無名氏): ① 이름을 알 수 없는 사람. ② 이름을 세상에 드러내지 않은 사람.

28 대동시선(大東詩選): 1918년 장지연이 우리나라 역내 시를 시대순으로 모아 엮은 한시선집.

29 친당정책(親唐政策): 당나라에서 귀국한 김춘추는 진덕여왕 3년(649년) 당나라의 의관제도 채용, 진덕여왕 4년(650년) 진골의 아홀(牙笏) 착용, 당나라 연호인 영휘(永徽) 사용, 진덕여왕 4년(650년)에는 장남 김법민을 당나라에 보내 고종에게 「태평송(太平訟)」을 바치고, 진덕여왕 5년(651년)에는 차남 김인문을 보내어 숙위케 하는 등 친당정책을 주도하였다.

30 공복(公服): 신라 때 벼슬아치들이 평상시 조정에 나아갈 때 입던 제복. 조의(朝衣).

당나라식으로 바꿨다. 김춘추에 의하여 주도된 나라 안 정치의 개혁 방향은 당나라를 후원 세력으로 하여 왕의 권력을 더 튼튼하게 하는 것이었다.

진덕여왕이 죽자 당시 귀족 회의에서는 상대등으로 있던 알천31을 왕으로 추천했다. 그러나 다음 왕위에 오른 것은 이찬 김춘추였다. 김춘추가 왕위에 오르는데 김유신이 큰 역할을 했다. 구귀족 세력을 대표하는 알천이 김춘추에게 왕위를 양보한 배경에는, 이미 선덕여왕 때부터 정치·군사적 실권을 장악한 신흥귀족 세력 김춘추와 김유신의 정치적 책략이 숨어 있다는 견해가 있다.

김춘추가 왕위에 오른 뒤 김유신의 정치적 비중은 점점 높아졌다. 태종무열왕 2년(655년) 김유신은 대각간32이 되었다. 그해 10월 김유신은 태종무열왕 김춘추의 셋째 딸 김지소와 혼인하였다. 이것은 태종무열왕과의 결속이 더욱

---

31 알천(閼川): 신라의 대장군, 상대등, 섭정왕(攝政王) 등을 역임한 귀족.『삼국유사』에 의하면 알천이 화백회의 의장이었을 당시, 회의의 구성원은 술종(述宗)·임종(林宗)·호림(虎林)·염장(廉長)·김유신 등이었다.

32 대각간(大角干): 신라 때의 벼슬 이름. 태대각간(太大角干)의 아래, 각간(角干)의 위.

굳어진 것을 의미했다. 그리고 또 한 가지 사실이 있었다. 금관가야계 출신의 진골인 김유신이 종전과는 달리 신라 진골 귀족들과도 아무런 제약이 없이 혼인을 할 수 있게 된 것이었다.

13. 조미압과 고구려 간자

태종무열왕 2년(655년) 가을에 김유신이 군사들을 이끌고 백제 땅에 쳐들어가 도비천성1을 공격하여 함락시켰다. 이 무렵 백제의 임금과 신하들은 사치와 안일에 빠져 나랏일을 돌보지 않아 백성은 원망하고 신령은 노하여 재앙과 괴변이 여러 차례 나타났다.

"백제가 무도하여 그 지은 죄가 걸(桀)·주(紂)2보다 더하니 이는 진실로 하늘의 뜻에 따라 백성을 위로하고 죄악을 징벌하여야 할 때입니다."

김유신이 태종무열왕에게 아뢰었다.

이보다 앞서 급찬3 조미압4이 부산현5 의 현령으로 있다가

---

1 도비천성(刀比川城): 지금의 충청북도 영동군 양산면에 있던 성.
2 걸(桀)·주(紂): 중국 하(夏)나라의 마지막 왕인 걸(桀)과 은(殷)나라의 마지막 왕인 주(紂)를 함께 부르는 말. 폭군(暴君)을 가리킴.
3 급찬(級湌): 신라의 17관등의 아홉째 등급(等級). 급벌찬(級伐湌).
4 조미압(租未押): 삼국시대 신라의 급찬으로 부산현령을 역임한 관리. 지방관, 첩자.
5 부산현((夫山縣): 부산현을 지금의 경상남도 진해시 근방으로 추정하는 견해와,

백제군에 포로로 잡혀가 좌평6 임자7의 집종이 되었다. 하는 일마다 부지런히 하고 성실하게 하여 일찍이 조금도 게으른 적이 없었다. 임자가 가엾게 여기고 의심하지 않아 그가 집 밖에 드나드는 것을 마음대로 하게 했다.

급기야 조미압은 도망쳐 신라에 돌아와 백제의 사정을 김유신에게 보고했다. 김유신은 조미압이 충직하여 쓸 만한 사람이라는 것을 알고 있었다.

"나는 임자가 백제의 일들을 오로지 하고 있다는 말을 듣고 그와 함께 도모할 길이 없을까 생각했으나 아직 길이 없었다. 그대가 혹시 나를 위하여 다시 돌아가 그에게 말해줄 수 있겠는가?"

김유신이 말했다.

"공께서 저를 보잘것없다고 생각하지 않으시고 지목하여 일을 시켜주시니 비록 죽는다 해도 후회함이 없겠나이다."

조미압이 대답했다.

고구려의 부산현(釜山縣)과 같은 곳으로 보아 현재의 경기도 평택시 진위면 일대로 추정하는 견해가 있다.

6 좌평(佐平): 백제의 16품 관등(十六品官等)의 첫째 등급.

7 임자(任子): 백제 의자왕대의 집정자이며 김유신과 내통하였다.

드디어 조미압이 다시 백제에 들어갔다.

"제가 스스로 생각해보니 이미 이 나라의 백성이 되었으므로 마땅히 나라의 풍속을 알아야 하겠기에 집을 나가 수십 일간 돌아다니느라 돌아오지 못했습니다. 그러나 개나 말이 주인을 그리워하는 것 같은 마음을 이기지 못하여 이제 이렇게 돌아왔습니다."

조미압이 임자에게 아뢰었다.

임자는 그 말을 믿고 나무라지 않았다.

"저번에는 죄를 두려워하여 감히 사실대로 말씀드리지 못했습니다. 사실은 신라에 갔다가 돌아왔습니다. 김유신이 저를 타일러 다시 돌아가 좌평께 '나라의 흥망은 미리 알 수 없는 것이니 만약 그대의 나라가 망하게 되면 그대는 우리나라에 의탁하고, 우리나라가 망하면 나는 그대의 나라에 의탁하겠다.'라고 전하라 했습니다."

조미압이 틈을 엿보아 다시 아뢰었다.

임자가 그 말을 듣고 잠자코 아무 말을 하지 않았다.

조미압은 두려워 물러 나와 처벌을 기다렸다.

몇 달이 지나갔다. 어느 날 임자가 조미압을 불렀다.

"네가 지난번에 말한 김유신의 말이 무엇이었느냐?"

임자가 물었다.

조미압이 놀라고 두려워하면서 전에 한 말과 같이 대답했다.

"네가 전한 내용을 내가 이미 상세히 알고 있으니 돌아가서 전해주어도 좋다."

이윽고 임자가 말했다.

마침내 조미압이 신라로 돌아와서 김유신에게 보고했다. 아울러 백제의 국내외 일을 말해주었는데 정말 상세하였다. 김유신은 백제를 병탄할 계획을 더욱 서두르게 되었다.

일찍이 한가윗날 밤에 김유신이 그의 아들과 함께 대문 밖에 서 있는데 문득 어떤 사람이 서쪽에서 오고 있었다. 김유신은 그가 고구려 간자임을 알아차리고 불러서 앞에 세웠다.

"너희 나라에 무슨 일이 있느냐?"

김유신이 물었다.

간자는 얼굴을 숙이고 감히 대답하지 못했다.

"두려워하지 말고 단지 사실대로만 말하라."

김유신이 말했다.

간자가 여전히 대답하지 않았다.

"우리나라 임금님은 위로는 하늘의 뜻을 거스르지 않으시고 아래로는 백성의 마음을 잃지 않으셔서 백성이 즐겁게 모두 자기 일에 충실하고 있는 것을 지금 네가 보았으니 가서 너희 나라 사람들에게 본 대로 알려주어라."

김유신이 말했다.

이윽고 너그럽게 간자를 보내주었다.

간자가 이 말을 고구려 사람들에게 전했다.

"신라가 비록 작은 나라이지만 김유신이 재상을 하고 있는 한 가벼이 다룰 수가 없겠구나."

고구려 사람들이 말했다.

14. 기울어지는 백제

백제 30대 무왕(재위: 719년~737년)의 맏아들인 의자왕은 용감하고 대담하며 결단력이 있었다. 태자 때부터 효로써 부모를 섬기고 형제와 우애하여 '해동 증자'라고 불리기도 했다.

의자왕 3년(643년) 겨울, 의자왕은 고구려와 화친을 맺고, 신라의 당항성을 빼앗아 신라가 당나라에 입조[1]하는 길을 막으려는 계획을 세웠다. 마침내 군사를 일으켜 신라를 쳤다. 신라의 선덕여왕이 당나라에 사신을 들여보내 구원을 요청했다. 의자왕이 이 일을 듣고 군사를 철수했다.

의자왕 11년(651년) 백제는 당나라에 사신을 들여보내 조공했다. 사신이 돌아올 때 당나라 고종이 조서[2]를 내려

---

1 입조(入朝): ① 벼슬아치가 조정의 조회에 들어감. ② 외국 사신이 조정의 회의에 참석함.
2 조서(詔書): 임금의 선지(宣旨)를 일반에게 알리고자 적은 문서. 조명(詔命). 조칙(詔勅).

의자왕을 타일렀다.

"해동의 세 나라[3]는 창건한 역사가 오래되고 강토의 경계가 나란히 붙어 있다. 국경이 실로 맞물려 복잡하게 얽혀 있다. 근대에 이르러 마침내 혐의가 생기고 틈이 벌어져 전쟁을 번갈아 일으키니 거의 편안한 해가 없게 되었다. 이리하여 삼한 백성들은 목숨을 칼과 도마 위에 올려놓은 고기와 같은 상황이 되었으며, 병기를 쌓아 놓고 분풀이하는 일이 아침저녁으로 거듭되고 있다. 나는 하늘을 대신하여 만물을 다스리는 터에 이를 매우 가엾게 여기는 바이다. 지난해에 고구려와 신라의 사신들이 함께 와서 입조하였을 때, 나는 이와 같은 원한을 풀어버리고 다시 화목하게 지내라고 하였다. 신라 사신 김법민이 나에게 말하기를 '고구려와 백제는 입술과 이처럼 서로 한통속이 되어서 군사를 일으켜 번갈아 우리를 침공하여, 우리의 큰 성과 중요한 진(鎭)들은 모두 백제에게 빼앗기게 되었습니다. 강토는 날로 줄어들고 나라의 위엄조차 사라져갑니다. 청하옵건대 백제에 조칙을 내려 빼앗아 갔던 성들을 돌려주게 하소서. 만일 명

---

3 해동의 세 나라: 고구려 · 신라 · 백제.

령에 복종하지 않는다면 즉시 우리 자체로 군사를 동원하여 잃었던 옛 땅만을 되찾고 즉시 화친을 맺겠습니다.'라고 하였다. 나는 그의 말이 사리에 다 맞았기 때문에 승낙하지 않을 수 없었다. 옛날 제나라4 환공5은 열국의 제후 위치에 있으면서도 오히려 멸망하는 나라를 구원하여주었다. 하물며 나는 만국의 임금으로서 어찌 위급하게 된 번방6을 구제하지 않으랴.

왕은 빼앗은 신라의 성들을 전부 본국에게 돌려주어야 하며, 신라도 사로잡은 백제 포로들을 왕에게 돌려보내야 한다. 그렇게 한 뒤에야 근심이 풀리고 분규가 해결될 것이다. 무기를 거두고 갑옷을 풀어놓아 백성들은 쉬고자 하는 소망을 이루고, 세 번방에는 전쟁의 괴로움이 없어질 것이다. 이것이 변경에서 피 흘리며 국토 전역에 시체가 쌓이게 함으로써 농사와 길쌈을 모두 폐하게 되어, 남녀들이 슬퍼하는 것에 비한다면, 어찌 같다고 말할 수 있겠느냐? 왕이

---

4 제(齊)나라: 현재의 중국 산동성(山東省) 일대에 있던 고대 국가.
5 환공(桓公, 재위: 서기전 685년~서기전 643년): 춘추시대의 제나라의 제16대 임금.
6 번방(蕃邦): 제후의 나라. 번국(藩國).

만약 이 분부를 따르지 않는다면, 나는 이전에 김법민이 소청한 대로 신라가 왕과 결전하도록 할 것이며, 또한 고구려로 하여금 신라와 약속하여 밖에서 백제를 구원하지 못하게 할 것이다. 고구려가 만일 명령을 거역한다면 즉시 거란7과 모든 번방들에게 명령하여 요수를 건너 깊이 들어가서 공격하게 할 것이니, 왕은 나의 말을 깊이 성찰하여 스스로 많은 복을 구하도록 할 것이며, 좋은 대책을 강구하여 후회하는 일이 없도록 하라."

의자왕 15년(655년) 봄 태자의 궁을 수리하는데 대단히 사치스럽고 화려하게 하였다. 왕궁 남쪽에 망해정8을 건축하였다. 여름에 붉은 말이 북악9오함사에 들어와서 불당을 돌면서 울다가 며칠 후에 죽었다. 가을에 의자왕이 고구려·말갈을 끌어들여 신라의 30여 성을 공격하여 함락시켰다. 신라 왕 김춘추가 당나라에 사신을 보내 표문10을 올려 "백

---

7 거란(契丹): 5세기 중엽 이래 내몽골 지방에서 유목하던 부족. 몽골계와 퉁구스계의 혼혈종.
8 망해정(望海亭): 백제 무왕 35년(634년)에 축조한 궁남지(宮南池)에 세운 정자인 듯하다.
9 북악(北岳): 5악(五岳) 중의 하나이다. 북악의 존재는 백제가 국내의 중요한 명산대천(名山大川)에 제사를 지내는 오악제도(五岳制度)가 있었음을 의미한다.
10 표문(表文): 임금에게 표(表)로 올리던 글.

제, 고구려, 말갈 등이 우리의 북쪽 국경에 침입하여 30여 성을 함락시켰다."고 하였다.

의자왕 16년(655년) 봄 의자왕이 궁녀들을 데리고 음란과 향락에 빠져서 술 마시기를 그치지 않았다. 성충은 어떻게 하면 의자왕을 설득시킬 수 있을까 궁리해보았다. 유학에 깊은 관심을 가져 그의 아들딸을 당나라에 보내 국학에 입학시키기도 했던 무왕11의 영향을 받아 의자왕은 한때 유학을 장려했다.

성충은 의관을 갖추고 궁궐로 들어갔다.

"임금은 의롭고 인자한 정치를 펴서 만백성의 어버이 노릇을 해야 한다고 합니다. 굶주림에 지쳐 길바닥에 쓰러져 있는 백성들이 한두 사람이 아니고, 신라가 당나라와 힘을 합쳐 우리나라로 쳐들어온다는 소문으로 백성들이 불안에 떨고 있습니다. 상감마마 나라의 운명이 바람 앞에 등불과 같사옵니다. 술잔치를 그만두고, 여자들을 멀리하옵소서."

---

11 무왕(武王, 재위: 600년~641년): 의자왕의 아버지인 무왕은 강화된 왕권에 힘입어 익산 지역을 중시해 그곳에 별도(別都)를 경영하고, 장차 천도(遷都)할 계획까지 세웠다. 2009년 미륵사지 서탑 해체 중 발견된 금동사리함 명문(銘文)에 의하면, 정실 왕후 사택씨(沙宅氏) 세력의 보시로 익산에 미륵사(彌勒寺)를 창건했다는 것이 밝혀졌다.

성충의 흰 수염이 떨렸다.

의자왕이 노하여 그를 옥에 가두었다. 이로 말미암아 감히 간하려는 신하가 없었다.

성충은 옥에 갇힌 뒤로 음식을 거의 입에 대지 않았다. 그의 몸은 점점 쇠약해갔다. 옥에 갇힌 지도 여러 달이 지나가고 있었다. 이제 오줌을 누는 것조차 힘들게 되었다. 죽음의 그림자가 눈앞에 어른거렸다. 그는 이제 그의 목숨이 얼마 남지 않았다는 것을 알고 있었다. 죽음을 앞둔 그의 머릿속에는 나라 걱정뿐이었다.

성충이 죽을 때 의자왕에게 글을 올렸다.

충신은 죽어도 임금을 잊지 않는다고 합니다. 상감마마께 한마디 말만 하고 죽겠습니다. 제가 항상 형세의 변화를 살펴보았는데 전쟁은 틀림없이 일어날 것 같습니다. 무릇 전쟁에는 반드시 지형 조건을 잘 살펴야 할 것입니다. 강 상류에서 적의 군사들을 맞아야만 군사를 보전할 수 있습니다. 다른 나라 군사가 오거든 육로로는 침현[12]을 통과하지 못하게 하고, 수군은 기벌포[13]의 언덕으로 들어오지 못하게 하십시오. 험준한 곳에 의거하여 방어해야만 방어할 수 있습니다.

그러나 의자왕은 이를 명심하지 않았다.

마침내 성충은 감옥 속에서 죽었다. 백성들은 친어버이가 죽은 것처럼 슬퍼했다. 의자왕을 원망하는 백성들의 소리가 점점 높아갔다.

성충의 죽음은 백제의 멸망을 재촉하는 겨울비와 같은 것이었다. 이 무렵부터 백제에는 상서롭지 못한 조짐이 잇대어 나타났다.

의자왕 17년(657년) 봄 정월, 의자왕은 자신의 서자 41명을 좌평으로 임명하고 각각에게 식읍을 내려주었다. 여름, 나라에 크게 가물이 들어 논밭이 붉은 땅이 되었다. 아무것도 수확할 수 없었다.

의자왕 19년(659년) 봄 2월, 여우 떼가 궁중에 들어왔는데 흰 여우 한 마리가 상좌평14의 책상에 올라앉았다. 가을 9월에 대궐 뜰에 있는 홰나무가 사람이 곡하는 소리처럼 울었으며 밤에는 대궐 남쪽 도로에서 귀신의 곡소리가 들렸다.

---

12 침현(沈峴): 동성왕 23년(501)에 목책을 설치한 탄현과 동일한 지명이다.
13 기벌포(伎伐浦): 백제 때의 전라북도 군산시 일대의 지명이다. 금강 하구에 해당하며, 왕도 사비성(泗沘城)을 지키는 중요한 관문으로 국방상 요충지였다.
14 상좌평(上佐平): 백제의 좌평 중에서 수석좌평을 말한다.

의자왕 20년(660년) 봄 2월, 사비성의 우물이 핏빛으로 변했다. 이상한 일이었다. 그뿐만이 아니었다. 서해 바닷가 모래사장 위로 작은 고기들이 수없이 나와 죽었다. 백성들이 몰려나와 고기를 주워 먹었다. 여름에 두꺼비 수만 마리가 나무 꼭대기에 모였다. 사비성의 저자 사람들이 까닭도 없이 놀라 달아나니 누가 잡으러 오는 것 같았다. 그러다가 쓰러져 죽은 자가 1백여 명이나 되고 재물을 잃어버린 사람은 셀 수도 없었다. 여름 5월, 폭풍우가 몰아치고 천왕사와 도양사의 탑에 벼락이 쳤다. 또한, 백석사 강당에도 벼락이 쳤다. 검은 구름이 용처럼 공중에서 동서로 나뉘어 서로 싸우는 듯하였다. 여름 6월, 왕흥사의 여러 중이 모두 배의 돛대와 같은 것이 큰 물결을 따라 절 문간으로 들어오는 보았다. 들 사슴 같은 개 한 마리가 서쪽으로부터 사비하 언덕에 와서 왕궁을 향하여 짖더니 잠시 후에 간 곳을 모르게 사라졌다. 왕성의 모든 개가 길바닥에 모여서 짖거나 울어대다가, 얼마 후에 흩어졌다.

귀신이 하나 대궐 안에 들어왔다.

"백제가 망한다. 백제가 망한다."

귀신이 큰소리로 외치다가 곧 땅속으로 들어갔다.

의자왕이 이상하게 생각하여 사람을 시켜 땅을 파게 하였다. 석 자가량 파 내려가니 거북이 한 마리가 발견되었다. 그 등에 "백제는 둥근 달 같고, 신라는 초승달 같다."라는 글이 있었다.

"백제는 둥근 달 같고, 신라는 초승달 같다는 말이 무슨 뜻인가?"

의자왕이 무당에게 물었다.

"둥근 달 같다는 것은 가득 찬 것이니, 가득 차면 기울며, 초승달 같다는 것은 가득 차지 못한 것이니, 가득 차지 못하면 점점 차게 됩니다."

무당이 말했다.

의자왕이 노하여 무당을 죽여버렸다.

"둥근 달 같다는 것은 왕성하다는 것이요, 초승달 같다는 것은 미약한 것입니다. 생각건대, 우리나라는 왕성하여지고 신라는 차츰 쇠약하여 간다는 것인가 합니다."

어떤 사람이 말했다.

의자왕이 기뻐했다.

당나라 고종이 조서를 내려 좌무위대장군15 소정방16을

---

15 좌무위대장군(左武衛大將軍): 당나라 중앙 군제의 하나인 좌무위를 총괄하는 정3품의 무관직.
16 소정방(蘇定方, 592년~667년): 당나라의 장군. 660년에 나당(羅唐) 연합군의 대총관으로 활약했다.

신구도 행군대총관으로 삼아, 좌위장군 유백영과 우무위 장군 풍사귀와 좌효위장군 방효공 등과 함께 군사 13만 명을 지휘해 백제로 와서 공격하게 했다. 아울러 신라 왕 김춘추를 우이도 행군총관으로 삼아 자기 나라 군사를 거느리고 당나라 군사와 합세하게 했다. 소정방이 군사를 이끌고 성산17에서 바다를 건너 신라의 서쪽 덕물도18에 이르렀다.

신라 태종무열왕은 김유신을 보내 정예 군사 5만 명을 거느리고 달려가게 했다.

의자왕이 이 소식을 듣고 여러 신하를 모아 공격과 수비 중에 어느 것이 마땅한지를 물었다.

"당나라 군사들은 멀리서 바다를 건너왔습니다. 물에 익숙하지 못한 군사들이 배를 타고 오다 보니 분명 피곤해졌을 것입니다. 그러므로 그들이 처음 뭍에 내려 기운이 회복되지 못했을 때 급히 공격하면 뜻을 이룰 수 있을 것입니다. 신라 사람들은 당나라의 도움을 믿고서 우리 백제를 가볍게 여기는 마음을 가지고 있을 것이니 만일 당나라 군사

---

17 성산(城山): 중국 산동성의 산동반도 동쪽 끝에 위치하였다.
18 덕물도(德勿島): 인천광역시 옹진군 덕적도(德積島)의 옛 이름.

들이 불리해지는 것을 보면 틀림없이 주저하면서 두려워해 감히 사납게 진격해오지 못할 것입니다. 그러므로 먼저 당나라 군사들과 싸우는 것이 옳은 일인 줄 압니다."

좌평 의직이 나서서 말했다.

"그렇지 않습니다. 당나라 군사들은 멀리서 쳐들어오므로 그들은 빨리 싸우려고 할 것입니다. 그들의 날카로운 공격을 막아내기가 어려울 것입니다. 신라 군사들은 이전에 여러 차례에 걸쳐 우리 군사에게 패하였기 때문에 우리 군사의 기세를 보면 겁을 내지 않을 수 없을 것입니다. 오늘의 계책으로는 당나라 군사들이 쳐들어오는 길목을 막으면서 그 군사들의 피로한 때를 기다리고 먼저 일부 군사들로 하여금 신라 군사들을 쳐부수어 그 예봉을 꺾어 놓은 연후에, 형편을 보아 싸우게 하면 군사를 온전히 유지하면서 나라를 보전할 수 있을 것입니다."

달솔 상영 등이 말했다.

의자왕이 머뭇거렸다. 어느 쪽 말을 따라야 할지 몰랐다.

그 무렵 좌평 흥수는 죄를 지어 고마미지현19에서 귀양

---

19 고마미지현(古馬彌知縣): 전남 장흥군 장흥읍 일원의 백제 시대 행정 구역이다.

살이를 하고 있었다.

"사태가 위급하게 되었으니 어떻게 하면 좋겠느냐?"

의자왕이 흥수에게 사람을 보내 물었다.

"당나라 군사들은 숫자가 많을 뿐 아니라 군율이 엄하고 훈련이 잘되어 있습니다. 더구나 당나라 군사가 신라 군사와 함께 우리의 앞뒤를 견제하고 있습니다. 만일 당나라 군사와 신라 군사가 연합하여 평탄한 벌판과 넓은 들에서 마주하고 진을 친다면 승패를 장담할 수 없습니다.

그런데 백강20과 탄현21은 우리나라의 요충지로서, 한 명의 군사와 한 자루의 창을 가지고도 만 명을 당할 수 있을 것입니다. 마땅히 날랜 군사를 선발하여 그곳에 보내 지키게 하여, 당나라 군사들로 하여금 백강으로 들어오지 못하도록 하고, 신라 군사들로 하여금 탄현을 통과하지 못하도록 해야 합니다. 또 대왕께서는 성문을 겹겹이 닫아걸고 굳게 지키면서 그들의 물자와 군량이 다하고 군사들이

20 백강(白江): 오늘날의 금강은 삼국시대에는 웅진 부근에서는 웅진강(熊津江), 사비 부근에서는 사비하(泗沘河), 하구는 백강(白江)으로 불렀다. 혹은 기벌포(伎伐浦)라고도 했다.
21 탄현(炭峴): 침현(沈峴) 또는 진현(眞峴)으로도 표기되고 있다. 현재의 대전광역시 동구와 충청북도 옥천군 군북면의 경계가 되는 식장산 마도령에 비정된다.

피곤해지기를 기다렸다가, 그런 다음에 떨쳐 일어나 갑자기 공격한다면 반드시 적들을 쳐부수게 될 것이 틀림없습니다."

흥수가 말했다.

흥수가 한 말은 성충이 죽으면서 남긴 말과 거의 똑같았다. 의자왕은 흥수의 의견을 따르기로 마음먹었다. 그런데 대신들은 이 말을 믿지 않았다.

"흥수는 오랫동안 옥에 갇혀 있는 몸인지라 임금을 원망하고 나라를 사랑하지 않았을 것이니, 그의 말을 따라서는 안 될 것입니다. 차라리 당나라 군사로 하여금 백강으로 들어오게 하여 강물의 흐름에 따라 배를 나란히 가지 못하게 하고, 신라 군사로 하여금 탄현에 올라오게 하여 좁은 길 때문에 말을 나란히 올 수 없게 하는 편이 낫습니다. 이때에 우리가 군사를 풀어 그들을 공격한다면 마치 닭장에 든 닭이나 그물에 걸린 고기를 잡는 일과 같을 것입니다."

대신들이 말했다.

의자왕은 이 말을 따랐다.

그때, 당나라 군사들이 기벌포를 지나 백강으로 들어서고, 신라 군사들도 탄현을 넘었다는 소식이 전해졌다.

백제는 고구려와 연합하여 신라의 30성을 공격하여 빼앗았다. 신라의 운명은 백 자(尺)나 되는 높은 장대 위에 올라선 것처럼 더할 수 없이 어렵고 위태로운 지경을 이르렀다. 다급하여진 신라는 김춘추를 급히 당나라에 보내 도와달라고 애걸하였다. 거듭되는 신라와의 전쟁에서 백제가 승리했다. 이것은 백제와 신라의 대결에 당나라가 끼어들어 군사적으로 개입하게 되는 계기가 되었다.

한때는 북으로 고구려의 평양성까지 공격하고, 가야 여러 나라에 대해서 지배권을 행사하기도 한 백제였다. 뿐만이 아니었다. 수군을 증강시켜 중국의 요서 지방으로 진출하고. 이어서 산동 지방에까지 진출하였다. 그러나 성왕이 관산성 전투에서 목숨을 잃은 뒤로 백제는 쇠락의 길을 걷기 시작했다. 이런 사실을 간과한 의자왕은 군사적 승리에 취해 신라를 업신여기게 되고 교만한 마음이 생겨났다. 그는 차츰차츰 사치와 방종에 흐르게 되었다. 왕성의 궁궐 남쪽에다 망해정이라는 크고 화려한 정자를 지어놓고 거의 날마다 잔치를 베풀었다. 그리고 미녀들을 궁궐로 불러들여 술과 노래와 춤으로 나날을 보냈다. 이에 백성의 마음은 멀어져 갔고, 나라의 살림은 기울기 시작했다.

흥수와 함께 의자왕이 왕위에 올랐을 때 왕권 강화를 적극적으로 보좌했던 성충은 집권 후반기에 접어든 의자왕이 왕족과 측근을 앞세워 전제 왕권을 행사하고, 신라에 대한 지속적인 공격을 하는 등 실책을 거듭하자, 이를 간언하다 투옥되었다.

15. 황산벌 전투

의자왕은 장군 계백(?~660년)을 시켜 결사대 5천 명을 거느리고 황산1으로 가서 신라 군사와 싸우게 했다. 계백은 전쟁터에 나갈 채비를 하기 위하여 말머리를 집으로 돌렸다. 계백의 머리는 몹시 무거웠다. 집에 도착한 계백은 아내와 아들들을 자기 앞에 불러 앉혔다.

"한 나라의 사람으로서 당나라와 신라의 대규모 병력을 맞게 되었다. 국가의 존망을 알 수 없다. 이번에 싸움터에 나가면 내가 살아서 돌아오기는 어려울 것 같다. 내 아내와 자식들이 잡혀 노비가 될까 염려된다. 살아서 치욕을 당하는 것보다 죽어서 흔쾌한 편이 나을 것이다."

계백이 말했다.

마침내 그는 처자식을 모두 죽였다.

계백은 결사대 5천 명을 이끌고 황산벌2로 나갔다.

---

1 황산(黃山): 현재의 충청남도 논산군(論山郡) 연산면(連山面)에 비정된다.
2 황산벌(黃山伐): 현재의 충청남도 논산시 연산면 신양리 일대에 위치한 벌판.

황산벌에 이르러 3개의 군영을 설치하고, 신라 군사들을 만나 전투를 시작하려고 했다.

"지난날 월나라3의 구천4은 5천 명의 군사로 오나라5 70만 대군을 격파했다. 지금 오늘 마땅히 각자 힘써 싸워 승리함으로써 나라의 은혜에 보답하자."

계백이 군사들 앞에서 말했다.

죽기 살기로 물밀듯이 쳐들어간 백제 군사들은 신라 군사들에게 네 번 싸워 네 번 모두 이겼다.

양쪽의 군대가 서로 대치했다.

"너는 비록 나이는 어리나 뜻과 기개가 있으므로 오늘이야말로 공명을 세워 부귀를 취할 수 있는 때이다. 어찌 용맹함이 없을 수 있겠느냐?"

김품일6이 관창에게 말했다.

"그렇사옵니다."

관창은 투구를 쓰고 말에 올라탔다.

---

3 월(越)나라: 중국 춘추전국시대 동남지역에 있던 제후국 중의 하나.
4 구천(句踐, 재위: 서기전 497년~465년): 중국 춘추시대 월나라의 왕.
5 오(吳)나라: 중국 춘추전국시대에 지금의 쑤저우(蘇州)에 있던 나라.
6 김품일(金品日): 신라 태종무열왕 때 진골 출신의 장군. 화랑 관창의 아버지.

관창은 진골 출신 화랑으로 신라 장군 김품일의 아들이다. 거동과 외양이 모두 우아하였으며, 어린 나이에 화랑이 되어 사람들과 잘 사귀었다. 나이 16세 때 말을 타고 활을 쏘는 것이 능숙하였다. 대감7인 어떤 사람이 무열왕에게 그를 천거하였다. 태종무열왕 7년(660년) 태종무열왕이 군대를 내어 당나라 장군과 함께 백제를 칠 때, 관창을 부장으로 삼았다.

관창은 창을 빗겨 들고 곧바로 적진으로 쳐들어갔다. 성난 표범이 날뛰는 것 같아 백제 군사들은 멈칫거렸다. 그가 휘두른 창끝에 백제 군사들이 쓰러졌다. 그제야 성난 백제 군사들이 우르르 달려들었다. 백제군의 수가 많고 신라군의 수가 적었다.

관창이 탄 말이 쓰러졌다. 그가 말에서 땅바닥에 떨어지자, 백제 군사들이 그를 에워싸고 창을 겨누었다. 그는 살아서 백제의 원수 계백의 앞에 끌려갔다. 계백이 투구를 벗게 했다. 그가 어리고 또한 용기가 있음을 아끼어 차마 죽이지 못하였다.

---

7 대감(大監): 병부의 차관직 또는 장군 아래의 무관직.

"신라에는 뛰어난 병사가 많다. 소년이 오히려 이와 같거늘, 하물며 장년 병사들이겠는가!"

계백이 탄식하고는 관창을 살려 보내기를 허락했다.

관창이 신라 군영으로 돌아왔다.

"아까 내가 적지 가운데에 들어가서 장수의 목을 베고 깃발을 꺾지 못한 것이, 깊이 한스러운 바이다. 다시 들어가면 반드시 성공할 수 있다."

관창이 말했다.

관창이 손으로 우물물을 움켜 마시고는 다 마신 후에 다시 적진에 돌진하여 민첩하게 싸웠다. 계백이 사로잡아서 머리를 베었다. 백제 군사들이 관창의 목을 말안장에다 매달아 신라 진영으로 보냈다.

"내 아들의 얼굴과 눈의 모습이 살아 있는 듯하구나. 왕실의 일에 훌륭하게 죽었으니, 후회할 것이 없다."

김품일이 그 머리를 붙들고 소매로 피를 닦으며 말했다.

3군이 그 광경을 보고 의기가 끓어올라 마음을 떨쳐 일으켰다. 북을 울리고 함성을 지르면서 진격해 쳐부수었다. 백제군이 크게 패했다.

태종무열왕 때의 화랑으로 장군 김품일의 아들인 관창은

나·당 연합군이 백제를 공격했을 때 좌장군인 김품일의 부장으로 출정했다. 황산벌에서 신라군이 백제군과 4번 싸워 4번 지자, 관창은 적진으로 달려가 싸웠으나 백제의 장군 계백에게 죽임을 당했다. 나이 어린 관창의 죽음을 본 신라군은 들고 일어나 있는 힘을 다해 싸워 백제군을 크게 무찔렀다. 관창은 화랑이 지켜야 했던 다섯 가지 계율인 세속오계 가운데 임전무퇴 계율을 목숨을 던져 실천한 화랑이라 할 수 있다.

태종무열왕은 관창이 황산벌 전투에서 세운 공로를 높이 기려 죽은 관창에게 급찬의 위계를 추증하고, 그에 따른 예를 갖추어 장례를 지내주었다. 또 그의 집안에는 당나라 비단 30필, 20승포 30필과 곡식 100석을 부의로 내려주었다. 황산벌 전투 결과 당나라 군사들과 신라 군사들이 합류하여 사비성을 포위했다.

16. 나·당연합군의 백제 침공

태종무열왕 7년(660년) 봄 정월 김유신은 귀족 회의의 우두머리인 상대등이 되었다. 이제 그는 신라를 이끄는 중추적인 인물이 된 것이다.

소정방이 군사를 이끌고 성산에서 바다를 건너 서해안 덕물도에 이르렀다는 소식을 들은 태종무열왕은 김유신에게 총지휘권을 주어 정예 군사 5만 명을 거느리고 백제를 치도록 했다. 5월 26일에 무열왕이 김유신·김진주·천존 등과 함께 군사를 거느리고 금성을 출발했다. 6월 18일, 태종무열왕이 남천정[1]에 이르렀다. 소정방은 내주[2]에서 출발하여, 많은 배가 꼬리를 물고 1천 리를 이어 흐름을 따라 동쪽으로 내려왔다. 6월 21일에 태종무열왕이 태자 김법민을 보내 병선[3] 100척을 거느리고 덕물도에서 소정방을 맞

---

1 남천정(南川停): 지금의 경기도 이천시 지역에 있던 군단이다.
2 내주(萊州): 지금의 중국 산둥성(山東省) 라이저우시(萊州市)에 치소를 두고 있었다.
3 병선(兵船): 전쟁에 쓰는 배.

이하게 하였다.

"나는 7월 10일에 백제의 남쪽에 이르러 대왕의 군대와 만나서 의자왕의 도성을 무찔러 깨뜨리고자 한다."

소정방이 김법민에게 말했다.

"대왕께서는 지금 대군을 초조하게 기다리고 계십니다. 대장군께서 오셨다는 것을 들으시면 필시 이부자리에서 새벽 진지를 드시고 오실 것입니다."

김법민이 말했다.

소정방이 기뻐하며 김법민을 돌려보내 신라의 병마를 징발케 하였다. 김법민이 돌아와서 소정방의 군대 형세가 매우 성대하다고 말하자 태종무열왕이 기쁨을 이기지 못하였다. 또 그는 태자와 대장군 김유신, 장군 김품일과 김흠춘 등에게 명하여 정예 군사 5만 명을 거느리고 그에 호응하도록 하고, 태종무열왕은 금돌성4에 머물렀다.

장군 소정방과 부총관 김인문 등은 바다를 따라 기벌포에 도착하여 백제의 군사를 만나 싸워서 크게 깨뜨렸다.

황산벌에서 계백이 이끄는 백제 군사들의 완강한 저항에

---

4 금돌성(今突城): 경상북도 상주시 모동면에 있는 백제정벌 시 전진기지로 활용된 성곽. 산성.

부딪혀 신라 군사들은 당나라 군사들과 약속보다 뒤늦게 사비성에 도착했다. 소정방은 김유신 등이 약속한 기일보다 뒤늦게 왔다 하여5 신라의 독군6인 김문영7을 군문8에서 목을 베려고 하였다.

"대장군이 황산에서의 전투를 보지도 않고 약속한 날짜에 늦은 것만을 가지고 죄를 삼으려고 하는데, 나는 무고하게 치욕을 당할 수 없다. 반드시 먼저 당나라 군사와 결전을 벌인 후에 백제를 깨뜨리겠다."

김유신이 말했다.

이윽고 김유신이 큰 도끼를 잡고 군문 앞에 섰다. 그의 성난 머리털이 꼿꼿이 곤추서고 허리춤에 찬 보검이 칼집에서 튀어나올 것만 같았다.

"신라군이 변란을 일으킬 것 같습니다."

소정방의 우장 동보량9이 소정방의 발등을 밟으며 말했다.

---

5 김유신 등이~왔다 하여: 7월 12일에 나당연합군이 사비성 공격을 개시하므로 김유신(金庾信)의 신라군은 약조보다 하루 늦은 11일에 도착하였을 것이다.

6 독군(督軍): 군내에서 감독하거나 독려하는 관직을 말한다.

7 김문영(金文穎): 삼국시대 나당연합군의 백제 정벌 당시의 진골 출신 장수.

8 군문(軍門): ① 군영의 문. ② 군영의 경내(境內). 병문(兵門).

9 동보량(董寶亮): 융주자사를 역임한 당나라 장수.

소정방이 곧 김문영에게 들씌웠던 죄를 용서하였다.

백제 왕자가 좌평 각가를 시켜서 당나라의 장군에게 글을 보내어 군사를 철수할 것을 애걸하였다.

7월 12일에 당나라와 신라 군사들이 의자왕의 사비도성을 에워싸기 위하여 소부리10 벌판으로 나아갔다. 소정방이 꺼리는 바가 있어서 전진하지 않자 김유신이 그를 달래서 두 나라의 군사가 용감하게 네 길로 일제히 떨쳐 일어났다.

의자왕 20년(660년) 의자왕은 군사를 모아 웅진강 어귀를 막고 강가에 군사를 배치했다. 소정방이 강 왼쪽 언덕으로 나와 산에 올라가 진을 쳤다. 당나라 군사들과 싸워서 백제 군사들이 크게 패했다. 이때 당나라 군사들이 조수를 타고 배를 앞뒤로 잇대어 북을 치고 떠들어댔다. 소정방은 보병과 기병을 거느리고 곧장 사비성으로 진군해 가 30리 밖까지 와서 멈추었다. 백제 군사들이 모두 나가서 막았으나 다시 패배했다. 죽은 자가 1만여 명에 달했다. 당나라 군사는 승세를 타고 성으로 육박하였다.

의자왕은 패망을 면할 수 없음을 알고 탄식했다.

---

10 소부리(所夫里): 지금의 충청남도 부여군 부여읍으로 '사비(泗沘)'라고도 하였다.

"성충의 말을 듣지 않다가 이 지경에 이르게 된 것이 후회스럽구나."

의자왕이 말했다.

의자왕은 마침내 태자 부여효를 데리고 밤을 틈타 도망쳐 달아나 웅진성11에 몸을 보전했다.

소정방이 성을 에워싸자 의자왕의 둘째 아들 부여태가 스스로 왕위에 올라 군사를 거느리고 굳게 지켰다.

"왕께서 태자와 함께 빠져나가 버렸고, 숙부가 자기 멋대로 왕 노릇을 하고 있으니 만일 당나라 군사가 포위를 풀고 돌아가게 되면 우리가 어떻게 목숨을 보전할 수 있겠습니까?

태자의 아들 부여문사가 의자왕의 아들 부여융에게 말했다. 마침내 부여문사가 측근들을 데리고 밧줄을 드리워 성을 빠져나갔다. 백성들도 모두 그들을 뒤따랐다. 부여태가 만류하지 못했다.

소정방이 군사들을 시켜 성가퀴에 뛰어올라 당나라 깃발을 세우게 했다. 부여태는 형세가 급박해지자 성문을 열고 목숨을 살려주기를 요청했다.

---

11 웅진성(熊津城): 지금의 충청남도 공주시이다.

의자왕의 셋째 아들인 부여융이 대좌평12 천복 등과 함께 나와서 항복하였다. 김법민은 부여융을 말 앞에 꿇어 앉혔다.

"예전에 너의 아비가 나의 누이를 억울하게 죽여서 옥중에 묻은 적이 있다.13 그 일로 나는 20년 동안 마음이 아프고 골치를 앓아 왔는데, 오늘 너의 목숨은 내 손안에 있구나!"

김법민이 그의 얼굴에 침을 뱉으며 꾸짖어 말했다.

부여융은 땅에 엎드려서 아무 말도 할 수 없었다.

7월 18일에 의자왕이 태자 부여효와 웅진방령14의 군사를 거느리고 웅진성으로부터 와서 항복했다. 소정방이 의자왕과 태자 부여효, 왕자 부여태·부여융·부여연 및 대신과 장병 88명과 백성 1만 2천 8백 7명을 당나라 왕도로 압송했다.

이 싸움에서 김유신의 공이 많았다. 당나라 고종15은 이

---

12 대좌평(大佐平): 백제의 좌평(佐平) 중에서 수석(首席) 좌평인 상좌평(上佐平)의 다른 이름이다.

13 예전에 너의~적이 있다: 백제 장군 윤충이 신라의 대야성을 함락하고 항복한 성주 김품석과 그의 부인 고타소랑 즉 김법민의 누이를 죽인 것을 말한다.

14 웅진방령(熊津方領): 백제 5방(方)의 하나인 웅진성(熊津城)을 다스리던 장관이다.

15 고종(高宗, 628년~683년): 당나라 제3대 황제이며, 여황제였던 측천무후(則天武后 : 625~705)의 남편. 649년 아버지 태종의 뒤를 이어 즉위한 뒤, 태종이 추진했던 주변국가의 정벌정책을 계승했다. 말년에는 병이 들어 그의 황후인 측천무후에게 조종당하는 꼭두각시 황제가 되었다.

소식을 듣고 사신을 보내 그를 포상하고 칭찬했다.

"나는 편의에 따라 일을 처리하라는 황제의 명을 받았소. 지금 백제의 땅을 얻었으니 그대들에게 나누어 주어 식읍으로 삼게 하여 그 공로에 보답하고자 하니 그대들 생각은 어떻소?"

소정방이 김유신·김인문·김양도, 세 사람에게 말했다.

"대장군께서 황제의 군사를 거느리고 와서 우리 임금의 기대에 부응해 우리나라의 원수를 갚아주셔서 우리 임금과 온 나라의 신하와 백성들이 기뻐하기에 바쁜데 우리만 유독 내려주시는 것을 받아 스스로 이익을 챙긴다면 그것이 어찌 의리이겠습니까?"

김유신이 대답했다.

세 사람은 끝내 받지 않았다.

당나라 군사들은 이미 백제를 멸망시키고 사비의 언덕에 진영을 설치하여 몰래 신라를 침략할 계획을 은밀하게 세우고 있었다. 태종무열왕이 이를 알아차리고 군신들을 불러 대책을 물었다.

"우리 백성들로 하여금 거짓으로 백제 사람인 척 백제의 옷을 입혀서 마치 적의 무리인 양 행동하도록 한다면 당나라 군사들이 반드시 그들을 공격할 것입니다. 이로 인하여 그들과 싸운다면 뜻을 이룰 수 있을 것입니다."

다미공16이 나아가 말했다.

"이 말은 취할 만하니 이를 따르시옵소서."

김유신이 말했다.

"당나라 군사가 우리를 위해 적을 섬멸하였는데 도리어 그들과 싸운다면 하늘이 우리를 도와주겠는가?"

태종무열왕이 말했다.

"개는 그 주인을 두려워하지만, 주인이 그 다리를 밟으면 주인을 무는 법이 옵니다. 어찌 어려움을 당하여 스스로 구할 방법을 찾지 않겠사옵니까? 청컨대 대왕께서는 이를 허락하여 주시옵소서."

김유신이 말했다.

당나라 간자가 신라가 당나라 군대의 공격에 대비하고 있음을 염탐을 통해 알고는 백제 왕과 신료 93명, 병졸 2만 명을 붙잡아 9월 3일 사비에서 배를 타고 돌아갔고, 낭장 유인원17 등을 남겨 그곳을 지키도록 했다.

---

16 다미공(多美公): 신라와 당나라 연합군이 백제를 정벌할 때, 태자 김법민, 대장군 김유신, 장군 김품일, 김흠춘 · 김진주 · 천존 · 양도 등과 함께 출정한 장군.

17 유인원(劉仁願): 소정방이 백제를 멸망시키고 의자왕 등을 포로로 잡아 당나라에 돌아갈 때 낭장으로서 웅진도독부를 맡아 관할했다.

소정방이 당나라로 돌아가 백제의 포로를 바쳤다.

"어찌하여 신라는 정벌하지 않은 것인가?"

고종이 그를 위로하고 나서 물었다.

"신라는 그 임금이 어질고 백성을 사랑하며, 그 신하들은 충성으로 나라를 섬기고 아랫사람이 그 윗사람을 섬기기를 마치 아버지나 형을 섬기듯 하니, 비록 작은 나라이지만 도모할 수가 없었사옵니다."

소정방이 대답했다.

문무왕 원년(661년) 봄에 태종무열왕이 백제의 잔여 세력이 아직 남아 있으니 이를 멸하지 않으면 안 되겠다고 생각하여 이찬 김품일, 소판 김문왕, 대아찬 김양도[18] 등을 장군으로 삼아 가서 그들을 치게 하였으나 이기지 못하였다. 다시 이찬 김흠순[19], 김천존, 소판 죽지 등을 보내 군대를 증원해주었다.

고구려·말갈이 신라의 정예군이 모두 백제에 가 있어 나

---

18 김양도(金良圖): 장수이자 문장가. 숙위학생으로 당나라에 유학하여 중국말에 능통하였고, 신라와의 연락 관계로 당나라에 여섯 차례나 건너갔다. 나당연합군의 사비성 함락 당시 장수로 참전했다. 김유신·김인문 등을 도와 백제·고구려 및 그 잔민을 토벌하는 데 큰 공을 세웠다.

19 김흠순(金欽純): 김흠춘(金欽春)이라고도 한다. 황산벌 전투에 참전한 장수. 김서현의 아들이며, 김유신의 동생이다.

라 안이 허술할 것이니 공격할 만하다고 하여 군사를 출동시켜 수륙 양면으로 동시에 진격하여 북한산성[20]을 에워쌌다. 고구려는 그 서쪽에 진영을 두고 말갈은 그 동쪽에 주둔하면서 열흘 동안 공격하니 성안 사람들이 두려움에 휩싸였다. 그때 갑자기 큰 별이 적의 진영에 떨어지더니 또한 천둥, 번개가 치면서 비가 오자 적들이 의심하고 두려워하여 포위를 풀고 달아났다.

애초에 김유신은 적이 북한성을 포위하였다는 소식을 들었다.

"사람의 힘이 이미 다했으니 이제 신령의 음조를 받을 수밖에 없겠구나."

김유신이 짧게 말했다.

김유신은 절에 가서 제단을 만들어 기도를 드렸다. 때마침 하늘에서 변이가 일어났다. 모든 사람이 지극한 지성이 감동시킨 바라고 이야기했다.

태자 부여효와 함께 웅진성에 웅크리고 있던 의자왕은

---

20 북한산성(北漢山城): 당시 신라의 최북방 요새였으며, 현재 서울특별시의 북한산에 남아있는 석축 산성이 그것이다.

사비성이 함락되었다는 소식을 전해 듣고 마침내 당나라 군사들에게 항복하고 말았다. 이로써 백제는 온조가 나라를 세운 지 678년 만에 망하고 말았다. 의자왕은 태자 부여효, 왕자 부여융 및 대좌평 사택천복 등 대신과 귀족 88명과 백성 1만 2천 8백 7명과 더불어 당나라로 끌려갔다.

백제는 원래 5부 37군 2백 성(城) 76만 호로 되어 있었다. 백제를 멸망시킨 당나라는 백제의 옛 땅을 효율적으로 지배하기 위해 백제의 왕도였던 사비성에는 백제도호부를 설치하여 낭장 유인원을 주둔시켰고, 지방에는 백제 지방 통치의 거점에 웅진·마한·동명·금련·덕안 등 5개의 도독부[21]를 두어 각각 주(州)와 현(縣)을 통할하게 했다. 그리고 우두머리를 뽑아서 도독·자사·현령[22]을 삼아 다스리게 했다. 또한, 낭장 유인원에게 명령하여 사비성을 지키도록 명하고, 좌위낭장 왕문도를 웅진도독으로 삼아 남은 백성들을 위무하게 했다. 소정방이 포로들을 고

---

21 도독부(都督府): 당나라가 신라와 함께 백제를 정벌한 뒤 그 지역을 지배하기 위해 설치한 지방 최고군사행정기구.
22 현령(縣令): 신라 때 현(縣)의 으뜸 벼슬.

종에게 바쳤다. 고종이 그들을 꾸짖고 용서해 주었다. 백제의 마지막 임금 의자왕은 당나라에서 병들어 죽자, 당나라 고종은 그를 금자광록대부 위위경으로 추증하고 옛 백제 신하들이 장사지내도록 허락했다. 고종은 조서를 내려 손호와 진숙보의 무덤 옆에 의자왕의 시신을 묻고 비석을 세우게 하였다. 왕자 부여융을 사가경으로 임명했다. 왕문도가 바다를 건너다가 사망하자 유인궤로 그를 대신하게 했다.

삼국통일의 길에 한 걸음 다가서는 것 같았다. 신라가 백제를 먼저 친 것은 북쪽의 고구려를 고립화시키고, 왜가 백제와 연합하는 것을 막는 것에도 그 숨은 뜻이 있었다.

그러나 삼국통일로 가는 길은 험난하기만 했다. 신라와 연합하여 백제를 멸망시켰던 당나라는 마음속에 품고 있던 야욕을 드러냈다. 당나라는 백제의 옛땅에 다섯 도독부를 두어 다스리기 시작했다.

서기전 18년부터 660년까지 존속한 백제는 결코 약한 나라가 아니었다. 처음 왕위에 올랐을 때 의자왕은 신라의 40여 성과 당항성을 되찾는 등 신라와의 전투를 승리로 이끌고, 고구려와 당나라와도 우호적인 관계를 유지하는 등 외교적 능력도 좋았다. 의자왕 15년(655년)부터 의자왕은 왕궁 남쪽에 망해정을 세우는 등 사치스러운 건축물을 세우고, 많은 궁녀를 거느렸다. 41명이나 되는 서자들에게 좌평의 벼슬을 주고 식읍을 주는 등 나라 살림을 어렵게 했다. 게다가 신라와 싸워 여러 번 이겼다는 자만심은 백제의 왕성이었던 사비성의 입지 조건이 방어에 매우 취약했는데도 신라의 공격을 두려워하지 않게 되었다. 잘못된 정치를 지적하는 좌평 성충을 감옥에 가두어 굶어 죽게 하고, 옳은 말을 하다 유배 간 좌평 흥수가 탄현과 백강은 군사 요충지이므로 두 곳에 군사를 배치하고 적들이 넘어오지 못하도록 막아야 한다고 유언을 했으나 귀를 기울이지 않았다. "달이 둥글면 찬 것이니 달이 차면 이지러지고, 달이 새로우면 차지 않는 것이니 차지 않은 달은 점점 차게 되는 것입니다."라고 나라가 망해가는 징조를 아뢰는 무당을 죽이는 등 의자왕은 듣기 좋은 말만 들으려 했다.

17. 기울어지는 고구려

의자왕 20년(660년) 백제가 신라와 당나라 연합군에 의하여 멸망하자, 당나라 군사들이 신라 군사들과 힘을 합쳐 줄기차게 고구려를 침공하였다. 고구려는 주된 방어선인 평양성으로까지 밀리게 되었다. 연개소문은 고구려의 최고 지도자로서 당나라에 대해서 강경한 정책을 계속 펴 갔다.

문무왕 원년(661년) 여름 6월에 당나라 고종이 장군 소정방 등을 보내 고구려를 정벌하게 했다. 당나라에 들어가 숙위하고 있던 김인문이 고종의 명령을 받고 신라로 돌아와서 출병일을 알렸다. 아울러 신라도 군사를 내어 함께 고구려 정벌에 참여하라는 고종의 뜻을 전했다. 이에 문무왕은 김유신·김인문·김문훈[1] 등을 인솔하여 많은 병사를 출동시켜 고구려로 향하였다. 행군이 남천주[2]에 이르렀을 때 주

---

1 김문훈(金文訓): 문무왕 원년(661) 하서주총관이 되었고, 이듬해에는 중시(中侍)에 임명되었다.

둔하고 있던 유인원이 거느린 군사를 사비로부터 배를 띄워 혜포에 이르러 배에서 내렸으므로 또한 남천주에 진영을 설치했다.

"앞길에 백제의 남은 적들이 옹산성3에 주둔하며 길을 막고 있으니 곧바로 앞으로 나아갈 수는 없습니다."

유사4가 보고했다.

이에 김유신은 부대를 전진시켜 옹산성을 포위하고 사람을 시켜 성 아래로 접근하게 했다.

"너희 나라가 공순하지 못하여 대국의 토벌을 불러들인 것이다. 명령을 따르는 자는 상을 주겠고 명을 따르지 않는 자는 죽이겠다. 지금 너희들은 홀로 고립된 성을 지켜 무엇을 하고자 하는 것이냐? 마침내 반드시 패멸할 것이니 차라리 성에서 나와서 항복하는 것이 나을 것이다. 그렇게 하면 목숨을 보전할 수 있을 뿐만 아니라 부귀도 기약할 수 있을 것이다."

---

2 남천주(南川州): 현재의 경기도 이천시 일대에 설치한 주(州)로, 진흥왕 29년 (568) 겨울 10월에 북한산주를 폐하고 남천주를 설치하였다.

3 옹산성(瓮山城): 지금의 대전광역시 대덕구에 있는 계족산성(鷄足山城)으로 추측된다.

4 유사(有司): 해당 일을 맡은 관리.

"비록 작은 성이지만 군사와 식량이 모두 충분하고, 장수와 병졸들이 의롭고 용맹하니, 차라리 죽도록 싸울지언정 맹세코 살아 항복하지는 않겠다."

적들이 큰소리로 외쳤다.

"궁지에 몰린 새와 곤경에 빠진 짐승은 오히려 스스로를 구할 줄 안다고 하였으니 이를 두고 한 말이로다."

김유신이 웃으며 말했다.

이에 군기를 휘두르고 북을 울리며 그들을 공격하였다. 문무왕이 높은 곳에 올라가 싸우는 군사들을 보고는 눈물을 흘리며 그들을 격려했다. 군사들은 모두 떨치고 나아가 창끝과 칼날을 두려워하지 않았다. 가을 9월 27일 성을 함락시켰다. 적장을 붙잡아 죽이고 그 백성들은 풀어주었다. 공로를 논의하여 장수와 사졸들에게 상을 주었다. 유인원 또한 비단을 차등 있게 나누어주었다. 이에 병사들에게 잔치를 베풀고 말을 배불리 먹인 후 당나라 군사가 와 있는 곳으로 가서 당나라 군사와 합치고자 하였다.

문무왕은 앞서 태감 문천을 보내 소정방에게 서신을 보냈던 바가 있었다. 이때 와서 문천이 돌아와 복명했다.

"제가 황제의 명을 받아 만 리나 되는 푸른 바다를 건너

적도를 토벌하고자 배로 해안에 이른 지가 벌써 한 달이 지났습니다. 대왕의 군사가 이르지 않으니 군량의 수송이 이어지 않으니 그 위태로움이 심합니다. 왕께서는 그 점을 헤아려 조처하여 주소서."

문천이 소정방의 말을 전했다.

"이와 같으니 어찌하면 좋겠소?"

문무왕이 여러 신하에게 물었다. 모두 적지 깊숙이 들어가 식량을 수송하는 것은 형세 상 할 수가 없는 일이라고 하였다. 문무왕은 이를 근심하여 탄식하였다.

"신이 지나치게 은혜로운 대우를 받았사옵고 황송하게도 중책을 맡고 있으니 나라의 일이라면 비록 죽는 한이 있더라도 피하지 않겠나이다. 지금이야말로 이 늙은 신하가 충절을 다하여야 할 때 이옵니다. 마땅히 적국에 가서 소정방 장군의 뜻에 부응하도록 하겠나이다."

김유신이 앞으로 나아가 대답했다.

"공같이 어진 신하를 얻었으니 근심할 것이 없구려. 만약 이번 임무도 평상시처럼 차질 없이 하게 된다면 공의 공덕을 어느 때인들 잊을 수 있으리오?"

문무왕이 다가앉아 김유신의 손을 잡고 눈물을 흘리며 말했다.

김유신이 이윽고 명을 받아 현고잠의 수사[5]에 가서 몸을 깨끗이 하고 곧 영실[6]에 들어가 문을 닫고 홀로 앉아 향을 사르면서 며칠 밤을 보낸 뒤에 나왔다.

"나는 이번 걸음에 죽지 않겠구나!"

김유신이 스스로 기뻐하며 말했다.

바야흐로 떠나려 할 때 문무왕이 친서를 주면서 김유신에게 이르기를 국경을 벗어난 후에는 상벌은 그대의 뜻대로 해도 좋다고 하였다.

겨울 12월 10일 김유신이 부장군 김인문, 진복[7], 김양도 등 9장군들과 함께 군사를 거느리고 군량을 싣고서 고구려의 경계 안으로 들어갔다.

보장왕 21년 문무왕 2년(662년) 봄 정월 23일 칠중하[8]에 도착하였다. 군사들이 모두 두려워하여 감히 먼저 배에 오르려 하지 않았다.

"여러분들이 만약 죽기를 두려워한다면 어찌하여 함께

---

5 현고잠(懸鼓岑)의 수사(岫寺): 현고잠과 수사의 위치는 알 수 없다.
6 영실(靈室): 부처님을 봉안한 불당을 의미한다.
7 진복(眞服): 문무왕 8년(668년) 6월에는 잡찬으로 대당총관이 되어 고구려 정벌에 참여했다.
8 칠중하(七重河): 지금의 경기도 파주시 적성 부근의 임진강을 가리킨다.

여기에 왔는가?"

김유신이 말했다.

마침내 김유신이 먼저 배에 올라 건넜다. 여러 장수와 사졸들이 서로 줄을 이어 강을 건넜다.

고구려인들이 큰길에서 기다리고 있다가 공격할까 염려하여 마침내 험하고 좁은 데로 행군했다. 차가운 바람이 사정없이 신라 군사들의 목덜미를 후려쳤다. 그들은 목을 움츠리고 걸음을 계속했다. 김유신이 이끄는 신라군은 계속 산길을 걸었다. 산길은 점점 험해지고 있었다. 산비탈을 타고 달려온 바람이 휩쓸고 지나갈 때마다 몸은 금세라도 얼어붙을 것만 같았다. 그들은 산양9에 이르렀다. 군사들은 추위에 시달리고 먼 길을 걸어와 지칠 대로 지쳐 있었다. 길바닥에 쓰러지는 군사들도 늘어났다.

"고구려·백제 두 나라가 끊임없이 우리 강역을 침입하고 업신여겨 적들은 우리 백성들에게 해를 끼치거나 혹 장정들을 잡아다 베어 죽이고, 혹 어린아이를 사로잡아 종으로 삼기도 하였다. 이 어찌 통분한 일이 아니겠는가? 내가

---

9 산양(柭壤): 지금의 임진강과 개성 사이에 있던 지명으로 추정됨.

지금 죽음을 두려워하지 않고 어려운 일에 뛰어드는 것은 대국의 힘을 빌려 두 나라를 멸망시켜 나라의 원수를 갚고자 하기 때문이다. 마음속에 맹세하고 하늘에 고해서 신령의 도움을 기약하고 있지만, 여러분의 마음이 어떠한지 알지 못하므로 일부러 언급하는 것이다. 만약 적에 대해 자신을 가진다면 반드시 공을 이루어 돌아갈 것이고, 만약 적을 두려워하면 어찌 포로로 사로잡힘을 면할 수 있겠는가? 마땅히 한마음으로 합한다면 한 사람이 백 사람을 당해내지 못할 것이 없으니 이것이 바로 내가 여러분들에게 바라는 바로다."

김유신이 여러 장수와 병졸들에게 말하였다.

"원컨대 장군님의 명령을 받들어 감히 삶을 훔치려는 마음을 가지지 않겠습니다."

이에 여러 장수와 병졸들이 말했다.

신라군은 북을 치며 계속 행군을 했다. 길에서 고구려 군사를 만나 맞받아 공격하여 그들을 이겼다. 획득한 갑옷과 무기가 매우 많았다. 장새10에 이르자 길은 점점 더 험해지

---

10 장새(障塞): 지금의 황해도 수안군으로 추정된다.

고 눈보라까지 휘몰아쳤다. 신라 군사들은 눈보라에 휩싸여 걸음을 떼어놓기조차 어려웠다. 군사들과 말이 픽픽 쓰러졌다. 양곡을 실은 마차의 수레바퀴도 미끄러운 눈길에서 헛돌았다. 말들이 쓰러졌다.

김유신이 어깨를 드러낸 채 채찍을 잡고 말을 채찍질하면서 앞에서 인도했다. 여러 사람이 이를 보고 힘을 다하여 달려갔고 땀을 흘리며 감히 춥다는 말을 하지 않았다. 드디어 장새를 빠져나와 평양성에서 멀지 않은 곳[11]에 이르렀다.

"당나라 군대는 군량이 떨어져 대단히 고생하고 있을 것이다. 마땅히 우리가 양곡을 싣고 근처에 도달하였다는 것을 먼저 알려야겠다."

김유신이 말했다.

곧 보기감[12] 열기[13]를 불렀다.

"나는 젊어서부터 자네와 함께 지냈으므로 자네의 지조

---

11 평양성에서 멀지 않은 곳: 『삼국사기』 권6 「신라본기」6 '문무왕 2년' 조에 따르면 장새에서 평양성까지는 3만 6천 보의 거리라고 한다.

12 보기감(步騎監): 군관을 말한다.

13 열기(裂起): 김유신의 부하로 김유신이 화랑이었을 때에 그의 낭도였을 것으로 추정된다.

와 절개를 잘 안다. 지금 우리의 뜻을 소정방 장군에게 전하고자 하나 마땅한 사람을 얻기가 어렵네. 자네가 평양성으로 가서 소정방 장군에게 군량이 왔음을 알릴 수 있겠는가?"

김유신이 열기에게 말했다.

"제가 비록 어질지 못하지만 과분하게도 중군14의 직에 있고, 게다가 영광스럽게도 장군의 영(令)을 받았으니, 비록 오늘 죽는다 해도 오히려 살아 있는 것같이 여기겠습니다."

열기가 말했다.

열기는 씩씩한 군사 구근 등 15명과 함께 평양성으로 향했다. 마침내 그들은 평양성에 도착하여 소정방을 만났다.

"김유신 장군님이 군사를 거느리고 군량과 보급품을 전달하기 위해 이미 가까운 곳까지 왔습니다."

열기가 말했다.

소정방이 기뻐하며 글을 써서 감사를 표했다.

보장왕 26년(666년) 연개소문이 갑작스럽게 죽었다. 그

---

14 중군(中軍): 예전에, 전군의 중간에 있어, 대개는 대장이 직접 통솔하던 군대.

의 맏아들 천남생15이 그의 자리를 이어받아 대막리지 가되었다. 9세 때 아버지의 덕으로 선인16이 되었다가 중리소형17으로 옮겼던 천남생은 천남건과 천남산 등이 권력을 나누어 맡아 고구려를 이끌어 가게 되었다.

천남생이 나가서 여러 부18를 살펴보았다. 동생 천남건과 천남산이 대신 나랏일을 맡았다.

"천남생은 그대들이 자신을 핍박한다고 미워하여 장차 제거하고자 합니다."

어떤 이가 천남산에게 말했다.

천남건과 천남산은 이를 믿지 않았다.

"장차 그대를 평양성으로 들어오지 못하게 하려고 합니다.

또 다른 어떤 이가 천남생에게 말했다.

천남생이 간자를 평양성으로 보냈다. 천남건이 간자를

---

15 천남생: 천남생(泉南生): 연개소문의 세 아들 가운데 장남으로 본래 성은 연(淵)씨이다. 본래 연(淵)씨이나 당나라 고조(재위: 618년~626년) 이연(李淵)의 이름을 피휘(避諱)하여 천(泉)으로 표기되었다.

16 선인(先人): 고구려의 관명.

17 중리소형(中裏小兄): 고구려 말기의 14관등 중에서 11등급에 해당하는 소형의 관등에 있는 자로서, 특정 업무를 맡았던 자가 가졌던 관등명.

18 부(部): 고구려 후기의 부는 고구려의 중앙과 지방의 행정단위였다. 여기서의 부는 지방의 부(部)를 의미한다.

체포했다. 곧바로 왕명19이라고 속이며 천남생을 평양성으로 불렀다. 천남생은 두려워 감히 평양성으로 들어가지 못했다. 천남건은 평양성에 있던 천남생의 아들 천헌충을 죽였다.

아들이 두 아우의 손에 죽임을 당했다는 소식을 전해 들은 천남생은 국내성으로 몸을 피했다. 그는 그곳을 중심으로 세력을 규합하여 천남건과 천남산의 중앙정부에 대해 반격에 나섰다. 먼저 오골성을 치고, 대형20 불덕21을 당나라에 보내 구원을 요청하였다. 그러나 천남생의 반역과 반란 행위에 대하여 자신이 거느리고 있는 군사들 사이에서도 반발이 있었다. 천남건과 천남산이 이끄는 중앙정부 군사들이 공격해왔다. 천남생은 남쪽으로 내려가 평양성을 칠 의도를 버리고 서북쪽의 요동 지방으로 진로를 바꾸었다. 그러나 그는 언제까지나 요동 지방에 머무를 수는 없다는 것을 잘 알고 있었다. 천남건과 천남산이 이끄는 군사들이 칼끝이 자신의 가슴을 노리고 달려올 것이었기 때문이었다.

---

19 왕명(王命): 임금의 명령.
20 대형(大兄): 고구려 때의 5품관의 벼슬.
21 불덕(弗德): 고구려 대형을 역임한 무신.

천남생은 아들 천헌성을 당나라에 보내서 원통함을 호소했다. 당나라 고종은 천헌성을 우무위군으로 삼고, 수레와 말, 고급 비단 및 보검을 하사하고, 돌아가 보고하도록 했다. 고종은 조서를 내려 글필하력22에게 병력을 이끌고 천남생을 구원해 주도록 했다. 고종은 천남생에게 평양도 행군대총관 겸 지절안무대사를 주었다.

당나라 고종은 또한 서대 사인 이건역에게 명하여 천남생을 도우러 간 군대에 나가 위로하도록 하였고, 도포·띠·금·그릇 등의 7가지 물건을 내려주었다. 당나라 군사들은 고구려 국경을 넘어 국내성으로 말을 몰았다. 당나라 군사들이 몰려온다는 소식을 들은 고구려의 성주들이 앞서거니 뒤서거니 천남생에게 항복했다. 고구려의 북쪽 지방 대부분이 당나라에 망명을 요청한 천남생에게 떨어졌다. 고구려는 땅의 절반과 군사의 절반을 잃어버렸다.

천남건과 천남산이 우왕좌왕하는 동안 천남생은 국내성 등 6개 성의 주민과 당나라 군사들이 고구려로부터 빼앗은

---

22 글필하력(契苾何力): 중국 당나라의 무장. 계필하력 또는 설필하력이라고도 한다.

목저성·남소성·창암성 등 3개 성의 백성들을 이끌고 당나라로 갔다.

보장왕 27년(668년) 가을 9월, 이적23이 평양을 공격하여 함락시켰다. 이보다 먼저 이적(594년~669)이 이미 대행성에서 이기고, 다른 길로 나왔던 여러 군대가 모두 이적에게 모여들어 압록책까지 진격하였다. 고구려 군사들이 막아 싸웠으나 이적 등이 이를 격하고, 200여 리를 쫓아 달려와서 욕이성을 함락시켰다. 여러 성에서 도망하고 항복하는 자가 줄을 이었다. 글필하력이 먼저 군사를 이끌고 평양성 아래에 이르렀다. 이적이 군사들을 이끌고 뒤따라와서 한 달이 넘도록 평양성을 에워쌌다.

신라의 문무왕 역시 이때 한성에 왔다. 그의 동생 김인문에게 대군을 이끌고 평양으로 진격하게 하였다. 신라군은 영류산 아래에 이르러 고구려군을 사천원에서 격파하고 당나라 군사와 함께 포위 공격했다.

평양성을 포위하기를 한 달이 넘자, 보장왕이 천남산을

---

23 이적(李勣): 이세적(李世勣). 당시 당나라 군대 총사령관. 나중에 이세민(李世民)이 황제로 즉위하자 이세민과 겹치는 '세(世)'자를 피휘하여 이적이라고 했다.

보내 수령 98명을 통솔해 백기를 들고 이적을 찾아 항복하게 했다. 이적이 예를 갖추어 이들을 대접했다. 그러나 천남건은 오히려 성문을 닫고 항거했다. 번번이 군사를 내보내 싸웠으나 모두 패하였다. 천남건이 군사에 관한 일을 승려 신성24에게 맡겼다. 신성은 소장25오사와 요묘 등과 더불어 가만히 이적에게 사람을 보내 내응할 것을 청했다. 5일이 지난 후 신성이 성문을 열어 놓았다. 이에 이적이 군사를 내어 성에 올라 북을 울리고 소리를 지르며 성에 불을 질러 태웠다. 천남건은 자살을 시도했으나 죽지 않았다. 드디어 보장왕과 천남건 등은 포로가 되었다.

---

24 신성(信誠): 고구려의 승려. 보장왕 27년(668년) 고구려 평양성이 당나라 군대에게 포위당하였을 때, 천남건으로부터 군사(軍事)를 위임받았다. 그러나 소장(小將)인 오사(烏沙)와 요묘(饒苗) 등을 몰래 당나라 장수인 이적(李勣)에게 보내어 내응(內應)을 청했다. 그 뒤 5일 만에 평양성 성문을 이적에게 열어주었다. 이로써 평양성이 함락되고, 고구려는 멸망하게 되었다. 그 해 12월 당나라 고종은 신성을 은청광록대부(銀靑光祿大夫)로 임명했다.

25 소장(小將): 직위가 비교적 낮은 장군을 말한다.

18. 고구려의 멸망

문무왕 6년(666년) 당나라 고종이 김삼광[1]을 조칙으로 불러들여 좌무위익부장랑장을 삼아 숙위하게 하였다.

문무왕 8년(668년) 당나라 고종이 영국공 이적을 보내 군사를 일으켜 고구려를 치게 했는데, 마침내 신라에게도 군사를 징발하도록 했다. 문무왕이 군사를 내어 이에 부응하고자 김흠순·김인문에게 명하여 장군으로 삼았다.

"만약 김유신과 함께 가지 않는다면 후회할 일이 있을까 두렵사옵니다."

김흠순이 문무왕에게 말했다.

"공 등 세 사람은 나라의 보배이다. 만약 모두 다 전쟁터에 나갔다가 혹시라도 예기치 못한 일이 생겨 돌아오지 못한다면 그때 이 나라는 어찌 되겠는가? 그러므로 김유

---

1 김삼광(金三光): 신라의 사찬, 파진찬, 이찬 관등을 역임한 귀족. 대신. 고조할아버지는 금관가야의 마지막 왕인 구형왕, 증조할아버지는 김무력, 할아버지는 김서현이다. 김유신의 6남 4녀 중 큰아들이다. 어머니는 태종무열왕의 셋째 딸 지소부인이다.

신을 남게 하여 나라를 지키도록 한다면 은연중에 장성을 두른 듯하여 언제나 나라에 근심이 없도록 하려는 것이다."

문무왕이 말했다.

김흠순은 김유신의 아우이고, 김인문은 김유신의 생질이므로, 김유신을 높이 섬기고 감히 대적하지 못했다.

"자질이 부족한 저희가 지금 대왕의 뜻을 좇아 예측할 수 없는 곳으로 가게 되었으니, 어떻게 하면 좋을지 가르쳐 주셨으면 합니다."

그들이 김유신에게 말했다.

"무릇 장수된 자는 나라의 방패와 성(城)이 되고 임금의 손톱과 어금니가 되어 돌과 화살이 날아다니는 전쟁터에서 승부를 가리는 것이니, 반드시 위로는 하늘의 도리를 얻고 아래로는 땅의 이치를 얻으며, 중간으로 민심의 동향을 파악하여야 하네. 그렇게 한 뒤에야 성공을 거둘 수가 있어. 오늘날 우리나라는 충성과 믿음 때문에 부지하고 있지. 그러나 백제는 오만 때문에 망하게 되었고, 고구려는 교만 때문에 위태롭게 되었네. 이제 만약 우리의 올바른 것으로 저들의 옳지 못한 것을 친다면 뜻을 이룰 수 있을 것이야. 하물며 대국의 밝은 천자의 위엄에 의지하고 있음이랴! 가서 노력하여 너희의 일에 그르침이 없게 하라."

김유신이 대답했다.

"말씀을 받들어 행동해 감히 일이 잘못되지 않도록 하겠습니다."

두 사람이 절을 하며 말했다.

가을 9월 21일에 당나라 군사와 합세해 평양성을 포위하였다. 고구려 보장왕이 먼저 천남산 등을 보내어 이적에게 가서 항복을 청하였다. 이에 이적은 보장왕과 왕자 복남·덕남 및 대신 등 20여 만 명을 데리고 당나라로 돌아갔다. 이때 각간 김인문과 대아찬 조주2는 이적을 따라 당나라로 돌아갔으며, 인태·의복·수세·천광·흥원도 따라갔다. 애초에 당나라 군사가 고구려를 평정할 때 문무왕은 한성을 나서 평양을 목표로 하여 힐차양3에 머물다가, 당나라의 여러 장수들이 이미 돌아갔다는 소식을 듣고 한성으로 되돌아왔다.

겨울 10월 22일에 문무왕은 김유신에게 태대각간4의 관

---

2 조주(助州): 문무왕 8년(668년) 가을 9월 21일에 각간 김인문과 함께 고구려를 멸망시키고 귀국하는 이적을 따라 당나라로 들어간 인물이다.

3 힐차양(肹次壤): 정확한 위치를 비정하기 어렵다.

4 태대각간(太大角干): 신라 때, 대각간의 최고의 위계.

등을, 김인문에게 대각간을 내려주었다. 그밖에 이찬과 장군 등은 모두 각간으로 삼았으며, 소판 이하는 모두 한 등급의 관등을 더해주었다.

문무왕이 이미 이적과 함께 평양성을 격파하고 돌아오며 남한주에 이르렀다.

"옛날 백제의 명농왕5이 고리산에 있으면서 우리나라를 침범하려고 할 때 김유신의 할아버지인 김무력 각간이 장군이 되어 그들을 막아 쳐부수고, 승세를 타 백제 왕 및 재상 4명과 병사들을 사로잡아 그 예기를 꺾었다. 또한, 김유신의 아버지 김서현은 양주총관이 되어 여러 차례 백제와 싸워 그 예봉을 꺾어 우리 영토를 침범하지 못하게 했다. 그런 까닭에 변방의 백성들은 농사짓고 누에 치는 일을 편안히 하였고, 임금과 신하들은 새벽에 일어나고 저녁 늦게까지 나랏일에 골몰하는 수고로움이 없어졌다. 이제 김유신이 할아버지와 아버지의 업적을 이어받아 사직의 중요한 신하가 되어 나아가서는 장군이요, 들어와서는 재상이 되니 공적이 뛰어나다. 만약 김유신공의 일문에 의지

---

5 명농왕(明襛王): 성왕(聖王, 재위: 523년~554년). 왕성을 사비로 옮기고 왜와의 교류를 확대한 백제의 제26대 왕.

하지 않았다면 나라의 흥망을 알 수 없었을 것이다. 김유신의 관직과 포상을 과연 어떻게 하는 것이 좋겠는가?"

문무왕이 신하들에게 말했다.

"진실로 대왕의 뜻대로 하소서."

여러 신하가 말했다.

문무왕은 김유신에게 태대서발한6의 직위와 식읍 5백 호를 주었다. 이어서 수레와 지팡이를 내려주면서 궁궐로 올라갈 때에 허리를 굽히고 빨리 걷지 않아도 되도록 하였다. 김유신의 여러 휘하7에게도 각각 직위를 1등급씩 올려주었다.

『삼국사기』권22 「고구려본기」10 '보장왕 하' 조에 실린 고구려 멸망 기사는 보장왕 27년(668년) 고구려의 평양성이 함락되는 과정을 기술하고 있다. 이 기사에서 주목되는 것은 승려 신성이 소장 오사와 요묘 등과 함께 몰래 사람을 당나라 장군 이적에게 보내 내응하기를 자청하였다는 것이다. 이 기사는 다른 곳에서는 볼 수 없는 대목이다. 고구려

---

6 태대서발한(太大舒發翰): 태대각간(太大角干)을 말한다.
7 휘하(麾下): 주장(主將) 아래 딸린 사졸.

의 멸망 원인을 수나라와 당나라 등의 침략 때문에 보는 견해가 유력하지만, 위 기사에서 보듯이 고구려는 내부적으로도 무너져내리고 있었다.

왕을 능가하는 권력을 가졌던 연개소문은 귀족들의 합의 정치가 아닌 독재 정치를 하였다. 그는 자기 권력을 자식들인 천남생·천남건·천남산 3형제에게 세습시켰을 뿐만 아니라, 대막리지와 태대대로를 새로 만들어 자신이 차지하고, 권력을 독점했다. 이러한 연개소문의 독재 정치는 귀족들의 불만을 샀고, 귀족들이 분열하는 계기가 되었다.

연개소문(?~665년)이 죽은 후 천남생이 아버지의 뒤를 이어 대막리지의 벼슬에 올랐다. 그러나 연개소문의 세 아들 사이에 다툼이 일어나 고구려가 시끄러워졌다. 이적이 이끄는 당나라 군사들이 고구려의 서쪽 지방으로 쳐들어왔다. 한편 연개소문의 동생인 연정토가 많은 군사들과 함께 신라에 항복했다. 이렇게 고구려 지배층 사이에 내분이 일어나자, 신라와 당나라 연합군은 이 틈을 놓치지 않고 고구려를 공격했다.

천남생·천남건·천남산 3형제를 비롯한 지도층의 분열이 서기전 1세기에서부터 668년까지 존속한 고구려가 멸망의 길로 들어서는 중요한 계기가 되었던 것이다.

19. 김유신과 문무왕

　문무왕 13년(673년) 봄에 괴이한 별이 나타나고 지진이 일어나자 문무왕이 걱정했다.

　"지금의 변이는 액(厄)[1]이 늙은 신하에게 있는 것이지 국가의 재앙은 아니옵니다. 왕께서는 청컨대 근심하지 마소서."

　김유신이 말했다.

　"만약 이와 같다면 과인이 더욱 근심하는 바요."

　문무왕이 말했다. 그리고 담당 관서에 명하여 그것을 기도하여 물리치도록 하였다.

　김유신이 병으로 자리에 누웠다.

　문무왕이 친히 와서 위문하였다.

　"신이 온 힘을 다하여 주상을 받들고자 했사오나, 소신의 병이 여기에 이르렀으니 오늘 이후로는 다시 용안[2]을 뵙지

---

1 액(厄): 모질고 사나운 운수..
2 용안(龍顔): 임금의 얼굴.

못할 듯하옵니다."

김유신이 말했다.

"과인에게 경이 있음은 물고기에게 물이 있는 것과 같으니, 만약 피할 수 없는 일이 있게 된다면 백성들은 어찌할 것이며 사직은 또 어찌할 것인가?"

문무왕이 울면서 말했다.

"신은 어리석고 어질지 못하니 어찌 나라에 이로울 것이 있겠사옵니까? 다행히도 밝은 전하께옵서 저를 등용하고서는 의심하지 않으셨고 일을 맡겨서는 신뢰해주신 까닭에 전하의 현명함에 기대어 미미한 공이라도 세울 수 있었나이다. 이제 삼한이 한집안이 되고 백성들은 두 마음을 가지지 않게 되었으니 비록 태평까지는 이르지 못했다 하나 세상이 안정되었다고는 할 만하옵니다. 신이 예로부터 대통3을 이은 임금들을 보건대 처음에는 못하는 경우가 없지만 끝까지 잘하는 경우는 드물어 여러 대 동안의 공적이 하루 아침에 무너지고 없어져 버리니 매우 통탄할 일이옵니다. 엎드려 바라옵건대 전하께서는 공을 이루는 것이 쉽지 않

---

3 대통(大統): 왕위를 계승하는 계통. 황통(皇統).

다는 것을 아시고, 이루어 놓은 것을 지키는 것 또한 어렵다는 것을 유념하시어 소인배를 멀리하시고 군자들을 가까이하소서. 위로는 조정을 화목하게 하시고 아래로는 백성과 만물을 편안하게 하시면 재앙과 난리가 일어나지 않을 것이고, 나라의 기업은 다함이 없을 것입니다. 그렇게 된다면 신은 죽어도 또한 여한이 없겠나이다."

김유신이 대답했다.

문무왕은 울면서 이를 받아들였다.

문무왕 13년(673년) 가을 7월 1일, 김유신이 사저4의 정침5에서 죽었다. 향년 79세였다.

---

4 사저(私邸): 고관이 사사로이 거주하는 저택. 사제(私第).
5 정침(正寢): 거처하는 곳이 아닌, 주로 일을 보는 곳으로 쓰는 몸채의 방.

20. 나 · 당전쟁을 승리로 이끈 문무왕

　신라 제30대 왕인 문무왕은 이름이 김법민이었고, 태종 무열왕의 맏아들이었다. 어머니는 소판 김서현의 작은 딸이며, 김유신의 누이인 문명왕후였다. 그는 진덕여왕 때에는 고구려와 백제의 압력에 대항하기 위하여 당나라에까지 가서 외교 활동을 펼쳤다.

　태종무열왕 7년(660년) 태종무열왕과 당나라의 소정방이 백제를 정복할 때 김법민도 이 전쟁에 참가하여 커다란 공을 세웠다. 그 이듬해 태종무열왕이 삼국을 미처 통일하지 못하고 죽자, 그가 왕위를 계승하였다.

　당나라는 백제와 고구려를 멸망시킨 뒤에 대동강 이남의 땅을 신라에게 준다는 약속을 어기고 한반도 전체를 지배하려는 야욕을 드러냈다.

　"우리 군사들이 피를 흘려 빼앗은 땅이다. 백제와 고구려 옛 땅은 우리 당나라가 차지하여야 한다."

　당나라는 신라에 강력한 압력을 가해왔다. 신라가 당나라의 웅진도독부 관할 아래에 있는 백제 옛 땅을 야금야금

먹어가자 당나라가 제동을 걸고 나왔다. 신라와 당나라 사이에 정면충돌 위기가 고조되었다. 신라 군사들은 당나라 군사들을 죽이고 웅진도독부의 여러 성을 점령했다.

문무왕은 안승1을 보덕국왕2에 봉하여 금마저3에 살게 했다. 이것은 고구려 부흥 운동과 연결하여 당나라 및 당나라의 허수아비인 웅진 도독 부여융이 이끄는 백제 군사들과 대항하려는 숨은 뜻이 있었다.

문무왕은 죽지 장군에게 백제의 가림성4을 공격하도록 했다. 신라 군사들이 가림성을 쳐들어가자, 당나라 군사들이 석성5 근처에서 막았다. 이 전투에서 신라 군사들은 당나라 군사 3천 5백 명을 죽였다. 석성 전투에서 당나라 군사들이 크게 패하자, 당나라에서는 설인귀·고간·이건행을 보내 신라 군사들과 싸우라고 했다.

설인귀는 문무왕에게 편지를 보내 위협했다. 그러나 문

---

1 안승(安勝): 고구려 부흥 운동을 이끌던 고구려 왕족.
2 보덕국왕(報德國王): 신라는 검모잠을 죽이고 신라에 투항한 안승의 집단을 금마저에 안치시키고, 자치를 영위하는 일종의 번속국(藩屬國)으로 삼았으며, 674년 안승을 보덕국왕으로 봉했다.
3 금마저(金馬渚): 지금의 전라북도 익산시.
4 가림성(加林城): 지금의 충청남도 부여군 임천면에 있는 산성.
5 석성(石城): 지금의 충청남도 부여군 석성면 일대.

무왕은 그것에 조금도 굴하지 않았다.

당나라에 반항하는 내용의 답신을 보냈다. 문무왕은 백제의 옛 수도인 사비성에 소부리주를 설치하고 아찬 진왕으로 도독6을 삼았다.

문무왕 12년(672년) 가을 7월에 당나라 장수 고간이 군사 1만 명을 이끌고, 이근행이 군사 3만 명을 거느리고 일시에 평양에 이르러 여덟 곳의 군영을 설치하고 주둔했다. 8월에 당나라 군사가 한시성7과 마읍성8을 공격하여 이겼다. 백수성9에서 5백 보쯤 되는 곳까지 병력을 진주시켜 군영을 설치했다. 신라 군사와 고구려 군사가 당나라 군사와 맞받아 싸워 수천 명의 목을 베었다.

고간이 이끄는 당나라 군대가 말갈과 함께 석문10의 들판에 진영을 설치했다. 문무왕은 장군 의복과 춘장 등을 보내 그들을 막게 하니 대방의 들판에 진영을 설치했다. 이때

---

6 도독(都督): 통일 신라 때, 각 주(州)를 다스리던 으뜸 벼슬.

7 한시성(韓始城): 대동강 하류 지역으로 추정된다.

8 마읍성(馬邑城): 대동강 하류 지역으로 추정된다. 나당전쟁이 한창이던 672년 8월 당군은 한시성과 마읍성을 점령했다.

9 백수성(白水城): 나당전쟁 당시 신라와 당이 격돌한 황해도 일대의 성으로서, 대체로 예성강 하류의 황해도 배천군에 비정되고 있다.

10 석문(石門): 황해도 서흥의 운마산 부근으로 추정한다.

장창부대11만이 홀로 다른 곳에 진영을 설치하였다가 당나라 군사 3천여 명을 만났다. 그들을 사로잡아 대장군의 진영에 보냈다.

"장창 진영이 따로 있다가 공을 세웠으니 반드시 후한 상을 받을 것이다. 우리가 한 곳에 둔치하고 있는 것은 바람직하지 않다. 쓸데없이 헛수고만 할 뿐이다."

각 부대에서 모두 말했다.

마침내 각각 군사를 분산하여 진을 쳤다.

당나라 군사가 말갈과 함께 기회를 노리고 있다가 신라 군사들이 아직 진을 치지 못한 틈을 타서 공격했다. 효천·의문·산세를 비롯한 아진함·능신·두선·춘장·원술 등이 이끄는 신라 군사들은 거세게 밀어붙이는 당나라 군사들을 막을 수 없어 대패했다. 대아찬 효천, 사찬 의문과 산세, 아찬 능신과 두선, 일길찬 안나함과 양신 등이 전사했다. 이때 김유신의 아들 김원술은 비장이었다. 그 또한 함께 싸워 죽으려 했다.

---

11 장창부대(長槍部隊): 문무왕 12년(672년)에 설치하였다가 효소왕 2년(693년)에 비금서당으로 개칭되면서 9서당의 하나가 되었다. 신라인으로 구성된 부대이다.

"대장부로서 죽기는 어려운 일이 아니라 죽을 곳을 가려 죽는 것이 어렵습니다. 만약 죽더라도 이루는 것이 없으면 살아서 후일에 공을 도모함만 같지 못합니다."

그를 보좌하던 담릉이 그것을 말리며 말했다.

"남아는 구차하게 살지 않거늘, 장차 무슨 면목으로 내 아버지를 뵙겠는가?"

김원술이 대답했다.

곧 김원술은 말을 채찍질하여 적진으로 달려 들어가려고 하였다. 담릉이 말고삐를 잡아당기며 놓아주지 않았다. 김원술은 끝내 싸워 죽을 기회를 놓치고 말았다. 이에 김원술은 상장군12을 따라 무이령으로 탈출했다. 당나라 군사가 그들의 뒤를 쫓아 따라붙었다.

"공들께서는 빨리 달아나시오. 난 이미 나이가 칠십이 넘었소. 지금이 무릇 내가 죽을 때요."

거열주 대감 아진함 일길간13이 상장군에게 말했다.

곧 아진함이 창을 비껴들고 적진으로 돌격하여 전사하였

---

12 상장군(上將軍): 여기서 상장군이 누구인지는 확인할 수 없다.
13 일길간(一吉干): 신라 제7관등이며, 일길찬(一吉飡)으로 표기된다. 17관등 가운데 7등급이다.

다. 그 아들 또한 따라 죽었다.

상장군 등은 몰래 이동하여 금성으로 돌아올 수 있었다.

"군사들이 패하였으니 어찌하면 좋겠는가?"

문무왕이 이 패보를 듣고 김유신에게 물었다.

"당나라군의 전략을 헤아릴 수가 없사옵니다. 마땅히 장수와 병졸들을 요충지에 배치하여 철저히 수비하도록 하옵소서. 다만 원술은 왕명을 욕되게 하였을 뿐만 아니라 또한 가훈을 져버렸으니 죽여야 하옵니다."

김유신이 대답했다.

"원술은 비장인데, 유독 무거운 형벌을 가한다는 것은 불가하오."

문무왕이 말하고, 곧 사면하였다.

김원술은 부끄럽고 두려워 감히 아버지를 뵙지 못하고 시골에서 은둔하였다. 그는 김유신이 죽은 뒤에 이르러 어머니를 만나보려 청하였다.

"부인에게는 세 가지 따라야 할 의리14가 있는데, 지금

---

14 세 가지 따라야 할 의리: 이를 '삼종지의(三從之義)'라 하는데,「의례(儀禮)」상복전(喪服傳) 및「대대례(大戴禮)」본명(本命)에 의하면 부인의 일생을 셋으로 나누어 어릴 때는 부모를 따르고, 혼인해서는 남편을 따르며, 남편 사후에는 아들을 따라서 스스로 독단하지 않아야 한다고 점을 강조하였다.

이미 과부가 되었으니 마땅히 아들을 따라야 하겠지만, 원술과 같은 자는 이미 신친에게 아들 노릇을 하지 못했으니 내가 어찌 그 어미가 될 수 있겠는가?"

어머니가 말했다.

김원술이 통곡하며 가슴을 치고 펄쩍 뛰면서 떠나지 않았다. 그러나 부인은 끝내 만나주지 않았다.

"담릉으로 인해 그르친 것이 이런 지경에까지 이르렀구나!"

김원술은 탄식하며 말했다.

이리하여 곧 그는 태백산으로 들어갔다.

문무왕 14년(674년) 문무왕이 당나라에 저항하는 고구려의 반민15들을 받아들이고 또한 백제의 옛 땅을 차지하고 살면서 사람을 시켜 지키게 했다. 당나라 고종이 크게 노하여 조서를 내려 문무왕의 관작16을 삭탈했다. 문무왕의 동생 우효위원외대장군 임해군공 김인문이 당나라의 왕도에 있었는데, 그를 신라의 왕으로 세우고 귀국하게 했다. 한편 당나라 고종이 좌서자동중서문하삼품 유인궤를 계림도 대

---

15 반민(叛民): 반란을 일으키거나 반란에 가담한 백성.
16 관작(官爵): 관직과 작위.

총관으로 삼고, 위위경 이필과 우령군대장군 이근행을 보좌로 삼아 군사를 동원해 신라를 치게 했다.

문무왕 15년(675년) 봄 2월에 당나라 좌서자동중서문하삼품 유인궤가 칠중성에서 신라 군사를 깨뜨렸다. 유인궤가 군사를 이끌고 돌아갔다. 당나라 고종이 조서를 내려 이근행을 안동진무대사로 삼아 다스리게 했다. 그제야 문무왕이 사신을 보내 조공하고 또 사죄했다. 당나라 고종이 용서하고 문무왕의 관작을 회복시켰다. 김인문은 신라로 오는 길에 당나라로 되돌아갔다. 다시 고쳐서 그를 임해군공으로 봉하였다. 그러나 문무왕은 백제 땅을 대부분 차지하고 마침내 고구려 남쪽 경계까지 다다라 주(州)와 군(郡)을 만들었다. 당나라 군사가 거란과 말갈 군사와 함께 쳐들어온다는 말을 듣고 아홉 군단을 출동시켜 대비하게 했다.

가을 9월에 설인귀가 숙위학생 김풍훈[17]의 아버지 김진주[18]가 본국에서 처형되었던 것을 기화로, 김풍훈을 길잡이

---

17 김풍훈(金風訓): 남북국시대 통일신라의 숙위학생으로 당나라에서 유학한 학자. 신라 장군인 김진주(?~662년)의 아들이다.

18 김진주(金眞珠): 삼국시대 신라의 백제정벌군을 지휘한 장수로 문무왕 1년(661년)에는 김인문·김흠돌과 함께 대당장군으로 고구려 정벌에 나아갔다.

삼아 천성[19]에 쳐들어왔다. 신라 장군인 문훈 등이 맞서 싸워 이겼다. 1천 4백 명의 목을 베고 병선 40척을 빼앗았다. 설인귀가 포위를 풀고 도망가자 전투마 1천 필도 획득했다. 29일에 이근행이 군사 20만 명을 이끌고 매초성[20]에 진을 쳤다.

당나라 군사들이 쳐들어온다는 소식을 듣고 김원술이 태백산에서 나왔다. 과거의 치욕을 씻기 위해 죽기로 다짐하고 힘써 나가 싸워 큰 공을 세웠다. 그러나 김원술은 부모에게 용납되지 못한 것을 한탄해 벼슬하지 않고 숨어 살았다.

신라 군대가 당나라 군대를 공격하여 격파하고, 전투마 3만 3백 80필을 얻었고, 그 밖의 병장기도 그 정도 얻었다.

당나라 군사가 거란과 말갈 군사와 함께 와서 칠중성[21]을 둘러쌌지만 이기지 못하였고, 소수[22]유동이 죽임을 당했다.

말갈이 또한 적목성[23]을 에워싸서 무너뜨렸다. 현령 탈기

---

19 천성(泉城): 지금의 경기 파주시 또는 황해도 재령의 재령강 부근으로 비정되고 있다.

20 매초성(買肖城): 지금의 경기도 양주시에 자리한 성으로 추정한다.

21 칠중성(七重城): 경기도 파주시 적성면 구읍리 중성산에 있는 삼국시대 산성.

22 소수(小守): 지방 장관인 소수(少守)와 같다. 제수(制守)라고도 불린다.

23 적목성(赤木城): 지금의 강원도 회양군 난곡면 현리 일대에 있는 성으로 추정하고 있다.

가 백성을 거느리고 막아 지키다가 힘이 다하여 모두 죽었다. 당나라 군사가 또한 석현성24을 에워싸고 쳐서 빼앗았다. 현령 선백과 실모 등이 힘을 다해 싸우다가 죽임을 당했다. 또한, 신라 군사가 당나라 군사와 크고 작은 열여덟 번의 전투를 벌여 모두 이겼다. 6천 47명의 목을 베었고 말 2백 필을 얻었다.

문무왕 16년(676년) 겨울 11월에 사찬25 시득이 수군을 거느리고 설인귀와 소부리주 기벌포에서 싸웠는데 연이어 패배했다. 다시 나아가 크고 작은 22번의 싸움을 벌여 이기고서 4천여 명의 목을 벴다.

문무왕 20년(680년) 여름 5월, 가야군26에 금관소경27을 설치했다.

문무왕 21년(681년) 가을 7월 1일에 문무왕이 죽었다28 시호를 문무라 하였다. 여러 신하가 유언으로 동해 입구의

---

24 석현성(石峴城):경북 문경시 마성면 신현리에 있는 고모산성의 익성(翼城)으로 추정하고 있다.

25 사찬(沙湌): 신라의 17관등 가운데 제8위의 관등.

26 가야군(加耶郡): 지금의 경상남도 김해시. 금관군의 이칭(異稱).

27 금관소경(金官小京): 신라의 지방행정구역인 5소경 중 하나.

28 문무왕이 죽었다: 문무왕릉비편에 의하면, 문무왕은 56세에 죽었다고 한다.

큰 바위 위에서 장례를 치렀다. 세속에 전하기를, 왕이 변해 용이 되었다고 하므로, 그 바위를 가리켜서 대왕석29이라고 한다. 유조30는 다음과 같다.

　"과인은 나라의 운(運)이 어지러운 시기에 태어나서 전란의 시기를 당하게 되었다. 서쪽으로 백제를 정복하고, 북쪽으로 고구려를 토벌하여 강토를 안정시켰고 반역자를 토벌하고 협조하는 자를 불러들여 멀고 가까운 곳을 평안하게 하였다. 위로는 조상의 유고31를 위로하고 아래로는 '부자의 오랜 원한'을 갚았다.32 살아남은 사람과 죽은 사람에게 두루 상(賞)을 주었고, 안팎으로 고르게 벼슬자리를 나누어 주었으며, 무기를 녹여 농기구를 만들었고 백성들을 어질고 오래 살도록 이끌었다. 세금을 가볍게 하고 요역33을 덜어주니, 집집마다 넉넉하고 사람마다 풍족하게

---

29 대왕석(大王石): 대왕암이라고도 하였는데, 현재의 경북 경주시 양북면 봉길리 앞바다에 있다.
30 유조(遺詔): 남긴 조서(詔書).
31 유고(遺顧): 임금이 죽을 때에 유언으로 한 고명(顧命).
32 '부자의 오랜 원한'을 갚았다: 문무왕과 부친인 태종무열왕이 백제는 멸망시켰으나 고구려는 멸망시키지 못한 것을 원통해 했음을 뜻함.
33 요역(徭役): 나라에서 정남(丁男)에게 구실 대신으로 시키던 노동.

되니, 백성들은 안도하고 나라 안에 걱정이 없게 되었다.
곡식 창고에는 언덕과 산같이 곡식이 쌓여 있고 감옥에는
풀만이 무성하니, 저승에서나 이승에서나 부끄러운 일이
없다 할 것이며 벼슬아치와 백성에게 저버린 일이 없었다
고 말할 만하다. 그러나 내가 여러 어려운 고생을 무릅쓰
다가 마침내 고질병이 생겼고 정치 교화에 애를 써서 더욱
중한 병이 되었다. 운명은 가고 이름만 남은 것은 예나 지
금이나 한가지인지라 갑자기 긴 밤으로 돌아가는 것이 어
찌 한스러움이 있겠는가? 태자34는 일찍이 밝은 덕을 쌓았
고 오랫동안 태자의 자리에 있어서, 위로는 여러 재상에서
부터 아래로는 뭇 벼슬아치들에게 이르기까지 죽은 사람
을 보내는 의(義)를 어기지 말고 살아 있는 임금을 섬기는
예(禮)를 잃지 말라. 종묘의 주인은 잠시라도 비워두어서는
안 될 것이니 태자는 곧 관 앞에서 왕위를 잇도록 하라. 또
한, 산과 골짜기는 변천하고 사람의 세대도 변하니, 오(吳)
나라 왕35 북산의 무덤에서 어떻게 황금오리 향로36의 아

---

34 태자(太子): 뒷날의 신문왕.
35 오나라 왕(吳王): 중국 삼국시대 오나라 초대왕 손권(孫權). 중국 강소성(江蘇
   省) 강령현(江寧縣) 북산(北山) 호구(虎口)에 무덤이 있음.

름답고 찬란한 빛을 볼 수 있을 것인가. 위(魏)나라 임금의 서릉37망루는 단지 농삭이라는 이름만을 들을 수 있을 뿐이다.

지난날 모든 일을 처리하던 뛰어나게 훌륭한 임금도 마침내 한 무더기의 흙이 되어 나무꾼과 목동들이 그 위에서 노래를 부르고 여우와 토끼가 그 곁에 굴을 팔 것이니, 분묘란 것은 쓸데없이 재물만 허비하고 서책에 꾸짖음만 남길 뿐이요, 헛되이 사람을 수고롭게 하는 것은 죽은 사람의 넋을 구원하지 못하는 것이다. 가만히 생각하면 가슴이 쓰리고 아플 뿐일 것이지만 이와 같은 것은 즐겨 행할 바가 아니다. 숨을 거둔 후 열흘이 되면 바로 왕궁의 고문 바깥의 뜰에서 서국의 식(式)38에 따라 화장하라. 상복을 입는 것의 가볍고 무거움은 정해진 규정이 있을 터이니, 장례를 치르는 절차는 힘써 검소하고 간략하게 하라. 변경의 성(城)

---

36 황금오리 향로: 『월절서(越絶書)』에 오왕(吳王) 합려가 죽어 호구산(虎丘山)에 장사지냈는데, 혈지(血池)를 만들고 황금주옥(黃金珠玉)으로 부응(鳧鷹)을 만들어 띄웠다고 한다.
37 서릉(西陵): 중국 삼국시대 위나라 조조(曹操)의 무덤으로 그의 유언에 의하여 매월 초하루와 보름에 미인과 악공들로 하여금 동작대에서 가무를 벌이도록 하였고, 또 아들들 역시 때로 동작대에 올라가 서릉을 바라보라고 하였다 한다.
38 서국(西國)의 식(式): 천축(天竺)의 식, 인도(印度)의 식(式). 곧 불교식(佛敎式).

· 진(鎭)을 지키는 일과 주(州)·현(縣)의 세금 징수는 긴요하지 않은 것은 모두 헤아려 폐지하고, 율령격식39에 불편한 것이 있으면 곧 다시 편리하도록 고치도록 하라. 멀고 가까운 곳에 널리 알려 이 뜻을 알게 할 것이며, 주관하는 자는 시행하도록 하라."

681년 가을 7월 1일에 죽은 문무왕이 남긴 「유조」는 『삼국사기』 권7 「신라본기」7 '문무왕 하' 조에 기록되어 있다. 「유조」는 문무왕의 유언으로, 자서전이라 볼 수 있는 산문이다. 신하들은 문무왕의 유언대로 동해 어구의 큰 바위 위에 장사지냈다. 세속에서 전해오기를 문무왕이 용으로 변했다 하니, 이로 인해 그 돌을 가리켜 대왕석이라 하였다.

신라의 완강한 저항에 당나라는 더 이상 견디지 못하고, 안동도호부를 평양성으로부터 요동성으로 옮겨갔다. 문무왕은 계속되는 전쟁으로 흩어진 민심을 수습하는 데 노력을 했다.

---

39 율령격식(律令格式): 중국에서 수·당대(隋·唐代)에 완성된 국가의 법령체제로, 율(律)은 형벌에 관한 규정이고 령(令)은 일반적인 행정 법규이며 격(格)은 율(律)과 령(令)을 수정·증보한 임시적인 명령(命令).

문무왕은 백제 저항군을 진압하고, 고구려를 정벌했으며, 당나라 세력을 한반도에서 축출하는 등 삼국통일을 달성했다. 또한, 문무왕은 당나라와 내통한 귀족들을 모두 죄를 물어 죽이는 등 귀족들에 대한 통제력을 강화하고, 지방의 벼슬아치들을 감찰하기 위한 외사정을 주(州)에 2명, 군(郡)에 1명씩 두는 등 왕권 강화 정책을 폈다.

　당나라 세력이 한반도에서 물러갔다는 사실은 삼국통일의 자주적 성격을 보여주는 것이었다. 문무왕은 불완전하게나마 대동강에서 원산만에 이르는 남쪽 땅을 차지할 수 있게 되었다.

평전 김유신 해설

　고구려·백제·신라 사람들이 같은 한민족이라는 생각을 갖고 있지 않을 때 삼국은 영토를 확장하기 위해 서로 다투어 싸웠다. 삼국이 하나가 되는 통일을 일군 불세출의 인물이라는 평가와 삼국을 통일하기 위해 김춘추와 함께 당나라라는 외세를 끌어들여 반쪽짜리 통일을 이룬 인물이라는 평가를 받는 김유신은 532년에 멸망한 금관가야의 구형왕의 후예였다. 『삼국사기』·『삼국유사』 등 역사서의 기록에 의하면, 김유신의 아버지는 각간 김서현, 할아버지는 각간 김무력, 증조할아버지는 구형왕, 고조할아버지는 겸지왕이었다. 『삼국유사』「가락국기」의 기록에 의하면 김유신 조상들은 이미 겸지왕 때부터 신라 귀족과 혼맥으로 이어져 있었다. 김유신은 금관가야 왕족 출신이지만 신라인의 피가 흐르고 있었다.

　고구려가 5세기 초에 왕도를 평양으로 옮기고 적극적인 남하 정책을 썼다. 수나라와 당나라와의 싸움에서 이긴 고구려는 눈을 남쪽 신라로 돌려, 신라의 국경 지방을 공격하기 시작했다.

백제는 수도를 한강 유역에서 웅진으로 옮겼다. 5세기 말 이후 삼국의 주도권은 고구려로 넘어갔다. 그러나 신라는 금관가야를 병합하고 나머지 가야 세력에 압력을 가하면서 영토 확장 정책을 펼치고 있었다. 한편 백제도 잃어버린 한강 유역을 되찾고자, 힘을 키우며 기회를 노려오고 있었다.

의자왕은 친히 군대를 거느리고 신라를 공격하여 미후성 등 40여 성을 함락시키고, 장군 윤충에게 군사 1만 명을 거느리고 신라의 대야성을 공격하게 하여 성을 무너뜨렸다. 그리고 고구려와 연합하여 당항성을 공격하여 신라가 당나라로 통하는 길목을 막았을 뿐만 아니라 고구려와 연합하여 신라의 30 성을 공격하여 빼앗기도 했다. 백제는 계속 신라를 몰아쳤다. 이같이 백제는 당시의 국력이 신라를 능가하고 있었다. 신라의 운명은 몹시 위태로워졌다. 다급해진 신라는 김춘추를 급히 당나라에 보내 도와달라고 애걸하였다.

660년 백제가 신라와 당나라 연합군에 의하여 멸망하자, 당나라 군사들이 신라 군사들과 힘을 합쳐 고구려를 침공하였다. 고구려는 주된 방어선인 평양성으로까지 밀리게 되었다. 연개소문은 고구려의 최고 지도자로서 당나라에 대해서 강경한 정책을 계속 펴가다가 갑작스럽게 죽었다. 그의 맏아들 천남생이 그의 자리를 이어받아 대막리지가 되었고, 천남건과 천남산 등이 권력을 나누어 맡아 고구려를 이끌어가게 되었다. 그러나 천남생·천남건·천남산 3형제를 비롯한 지도층이 분열하여 고구려는 멸망의 길로 들어서게 되었다.

삼국 가운데 제일 약체였던 신라가 삼국의 쟁투에 마침표를 찍고 삼국을 통일할 수 있었던 것은 김춘추의 정치적·외교적 활동과 김서현·김유신의 군사적 능력 때문이었다.

김부식은 그가 편찬한 『삼국사기』의 「열전」 10권 가운데 3권을 김유신 1인에 할애하고 있고, 「열전」의 서두에 '김유신 열전'을 썼다는 점에서 김부식은 김유신을 비중 있게 다루고 있다는 것을 알 수 있다.

정치적 실권을 쥐고 있던 김춘추는 확실하게 군권을 쥐고 있는 김유신의 도움이 필요했다. 김유신의 능력에 대해선 『삼국사기』「열전」'김유신' 조에 기록되어 있다. 진덕여왕 원년(648년)에 김춘추가 고구려에 구원병을 청했다가 뜻을 이루지 못했다. 그 후 다시 당나라에 들어가 군사를 요청하였다. 당나라 태종이 "너희 나라 김유신의 명성을 들었는데 그의 사람됨이 어떠하냐?"하고 물었다. 김춘추가 "김유신이 비록 재주와 지혜가 조금 있지만, 만약 천자의 위엄을 빌리지 않는다면 어떻게 이웃 나라의 근심거리를 쉽게 제거할 수 있겠습니까?"라고 대답했다. 태종이 "참으로 군자의 나라로구나."라고 말했다. 태종은 청병을 허락하고 장군 소정방에게 군사 20만을 주어 백제를 치러 가라는 조서를 내렸다. 김유신의 명성은 이미 당나라 태종(재위: 626년~649년)조차 알고 있을 정도로 신라는 물론 당나라에까지 퍼져 있었다. 한반도 남쪽 변방의 금관가야 왕족의 후예로 태어나 전쟁터를 누비며 삼국통일의 불꽃이 된 김유신은 신라의 발전에 지대한 공헌을 했다. 삼국통일 과정에서 당나라라는 외세의 협조를 얻었다는 점과 대동강 이남의 통일에 그쳤다는 점에서 신라의 삼국통일은 한계점이 있었다. 그러나 신라가 고구려·백제 전통의 수용과 경제력 확충으로 민족문화 발전에 크게 공헌하였다는 점은 삼국통일의 의의라고 할 수 있다.

김유신 연보

595년(진평왕 17년) 만노군(지금의 충청북도 진천군)에서 출생했다.

609년(진평왕 31년) 화랑이 되어 용화 향도를 거느렸다.

611년(진평왕 33년) 고구려 백제 말갈이 침입한 것을 보고 혼자 중악 석굴에 들어가 하늘에 기도하여 방술을 체득했다.

612년(진평왕 34년) 열박산에 들어가 검술을 익히고 신비를 체험했다.

629년(진평왕 51년) 고구려의 낭비성을 공격하여 대세를 역전시켰다.

642년(선덕여왕 11년) 압량주 군주가 되었다.

644년(선덕여왕 13년) 상장군의 지위에 오른 김유신은 백제 원정군의 최고 지휘관이 되어 전략상 요충인 가혜성·성열성·동화성 등 7개 성을 점령했다.

645년(선덕여왕 14년) 백제가 매리포성에 침입하였다는 급보를 받고, 가족도 만나지 않은 채 다시 출전하여 승리했다.

647년(선덕여왕 16년, 진덕왕 원년) 상대등 비담이 염종 등과 더불어 선덕여왕에서 진덕여왕으로의 왕위 계승에 반감을 갖고 반란을 일으켰다가 김유신이 이끄는 정부군에 진압되었다. 백제군이 무산, 감물, 동잠 등의 성을 공격하여 포위했다. 김유신은 보병 및 기병 합 1만 명을 거느리고 나가 비녕자가 앞장서서 싸워 크게 승리하여 백제 병사 3천 명의 목을 벴다.

648년(진덕왕 2년) 백제 장군 의직이 신라의 서쪽 국경을 쳐들어와 요차성 등 10성을 함락했다. 상주 행군대총관이 되어 백제를 공격하여 진례성 등 9성을 공략하여 9천명의 목을 베고 600명을 생포했다.

649년(진덕왕 3년) 도살성 전투에서 백제의 달솔 정중과 군사 100명을 생포하고, 좌평 은상, 달솔 자견 등 10명의 장수와 군사 8천980명을 죽였다.

655년(태종무열왕 2년) 태종무열왕의 셋째 딸 지소부인과 결혼
하였다. 백제 도비천성을 공격하여 승
리했다.

660년(태종무열왕 7년) 봄 정월 이찬으로서 상대등이 되었다.
대장군으로서 5만 정예군을 끌고 출정
하여 백제를 멸망시켰다.

661년(문무왕 원년) 평양성 근처에 와있던 당나라 장군 소
정방의 요청에 따라 국왕의 명을 받고
고구려 강역을 땅을 통과하여 당나라
군대에 식량을 조달했다.

663년(문무왕 3년) 백제 부흥군 토벌에 참전하여. 전지
500결을 공으로 하사받았다.

664년(문무왕 4년) 퇴직을 청하였으나 허락되지 않고 왕으
로부터 지팡이를 받았다.

665년(문무왕 5년) 당나라 고종이 사신을 보내어 봉상정경
평양군개국공식읍이천호에 봉했다.

666년(문무왕 6년) 당나라 황제가 칙명으로 김유신의 장남
김삼광을 좌무위익부중랑장으로 삼아
숙위하게 했다.

668년(문무왕 8년) 여름 6월 21일 고구려 정벌에 대당대

총관이 되었으나 병과 노쇠로 인하여 출전하지 못하였다. 고구려 평정 공로로 겨울 10월 22일 태대각간의 관등과 식읍 500호를 받았다.

673년(문무왕 13년)　가을 7월 1일 죽었다. 왕은 비단 1,000필과 조 2,000석을 주어 상사에 쓰게 하고, 금산원에 장사를 지내게 했다. 지소부인은 여승이 되었다.

835년(흥덕왕 10년)　김유신, 흥무대왕에 추존되고, 서악서원에 제향되었다.

평전 김유신을 전후한 한국사 연표

서기전 37년 고주몽, 고구려를 건국.

서기전 57년 박혁거세, 신라를 건국.

서기전 18년 온조, 백제를 건국.

서기 3년   고구려 국내성으로 수도를 옮김.

서기 42년   김수로, 가락국(금관가야)을 건국.

서기 53년   고구려 태조왕, 왕위에 오름.

서기 65년   신라, 국호를 계림으로 고침.

115년   신라, 금관가야를 치다가 황산하에서 패함.

194년   고구려, 을파소에 의해 진대법을 실시.

244년   고구려, 유주자사 관구검 침공, 국내성 점령.

260년   백제, 고이왕 때부터 중앙집권 국가의 기틀
           을 확립.

285년   백제 왕인, 『논어』·『천자문』을 왜에 전함.

307년   신라, 국호를 '신라'로 사용하기 시작.

313년   고구려, 낙랑군을 공격하여 점령.

356년   신라, 내물 마립간이 왕위에 오름.

371년	백제, 고구려 평양성을 공격. 고국원왕 전사.
372년	고구려에 불교가 전해짐.
400년	고구려, 광개토왕 5만 병력으로 금관가야-백제-왜 연합군을 격파하여 신라 지원.
414년	장수왕, 광개토대왕릉비 세움.
427년	고구려, 평양으로 수도를 옮김.
433년	백제와 신라 간에 나제동맹 성립.
475년	고구려, 장수왕, 백제 공격(한성 함락), 백제, 475년 웅진으로 도읍을 옮김.
494년	고구려, 부여 정복.
498년	백제, 동성왕, 탐라국 공격.
500년	신라, 지증왕 즉위.
512년	신라, 우산국 정복.
520년	신라, 율령 반포, 공복 제정.
523년	백제, 성왕 즉위.
527년	신라, 불교 공인, 이차돈의 순교.
532년	신라, 금관가야 합병.
538년	백제, 사비성으로 도읍을 옮김.
540년	신라, 진흥왕 즉위. 화랑 제도 실시.
545년	신라, 거칠부, 『국사』 편찬.

550년	신라, 단양 신라 적성비 건립.
551년	진흥왕, 백제 성왕과 함께 고구려 침공.
553년	진흥왕, 한강 유역을 차지함.
562년	대가야 멸망.
598년	수나라 문제, 고구려 1차 침입.
609년	신라, 김유신 화랑이 됨.
611년	신라, 찬덕 가잠성에서 백제 군사들과 맞서 싸우다가 전사함.
612년	수나라 양제, 고구려 2차 침공(을지문덕의 살수대첩).
632년	신라, 선덕여왕 즉위.
645년	당 태종, 고구려 침공(안시성 싸움에서 승리).
647년	신라, 첨성대 건설.
648년	김춘추와 김인문, 당나라에 가서 백제를 함께 공격하자고 요청.
649년	신라, 당나라의 의관을 사용하기 시작.
650년	신라, 당나라 연호 사용.
651년	신라, 김인문을 당나라에 보내 숙위하게 함.
653년	백제, 왜와 국교 재개.
654년	신라, 태종무열왕 왕위에 오름.

656년	백제, 성충 죽음.
659년	고구려, 당나라 군대와 요동에서 전투.
660년	백제 멸망.
661년	백제, 복신. 도침. 흑지상치 등 백제 부흥운동 전개.
662년	고구려, 당나라 군대가 평양성 포위.
663년	나·당연합군, 백강에서 왜의 군대를 크게 깨트림.
664년	당나라, 백제 왕자 부여융을 웅진도독에 임명.
665년	신라 문무왕, 당나라 유인원 및 웅진도독 부여융과 웅진 취리산에서 회맹(會盟).
666년	고구려, 연개소문 죽음.
667년	신라 문무왕, 김유신 등 장군과 함께 군사를 거느리고 평양성으로 출발.
668년	고구려 멸망.
669년	고구려 왕자 안승, 신라에 항복.
670년	의상, 당나라에서 귀국.
671년	당나라 설인귀가 편지를 보내, 신라의 반당 정책을 항의.
672년	신라, 고구려군과 연합하여 백수성 근처에서

당나라 군사 격파.

673년 신라, 김유신 죽음.

674년 신라가 고구려 유민을 받아들이고 백제의 옛
땅을 점거하자 당나라가 공격해옴.

675년 신라, 유인궤가 이끄는 당나라 군사들에게
패배.

676년 신라, 삼국통일.

참고문헌

자료

『삼국유사』

『삼국사기』

『파한집』

『신증동국여지승람』

전자 자료

국사편찬위원회 한국사데이터베이스 db.history.go.kr.

단행본

강만길 외, 『한국사 3· 고대사회에서 중세사회로 1』, 한길사, 1995.

강만길 외, 『한국사 4· 고대사회에서 중세사회로 2』, 한길사, 1995.

국사편찬위원회, 『한국사 5· 삼국의 정치와 사회 1·고구려』, 국사편찬위원회(탐구당 번각 발행), 2013.

국사편찬위원회, 『한국사 6· 삼국의 정치와 사회 2·백제』, 국사편찬위원회(탐구당 번각 발행), 2013.

국사편찬위원회, 『한국사 7· 삼국의 정치와 사회3· 신라, 가야』, 국사편찬위원회(탐구당 번각 발행), 2013.

국사편찬위원회, 『한국사 8 · 삼국의 문화』, 국사편찬위원회(탐구당 번각 발행), 2013.

국사편찬위원회, 『한국사 9 · 통일신라』, 국사편찬위원회(탐구당 번각 발행), 2013.

김기흥, 『새롭게 쓴 한국고대사』, 학연문화사, 2003.

김상현, 『신라의 사상과 문화』, 일지사, 1999.

김용만, 『고구려의 발견』, 바다출판사, 1998.

김재홍 · 박찬홍 · 전덕재 · 조경철, 『한국 고대사 2 · 사회 운영과 국가 지배』, 푸른역사, 2018.

김태식, 『미완의 문명 7백 년 가야사』 1 · 2 · 3, 푸른역사, 2002.

노중국, 『백제 정치사』, 일조각, 2018.

노태돈, 『고구려사 연구』, 사계절, 2003.

동북아역사재단, 『다시 보는 고구려사』, 동북아역사재단, 2008.

문경현, 『신라사 연구』, 경북대학교 출판부, 1983.

백산학회, 『신라의 건국과 사회사』, 백산자료원, 2000.

부산대학교 한국민족문화연구소, 『한국 고대사 속의 가야』, 혜안, 2001.

부산대학교 한국민족문화연구소, 『가야 각국사의 재구성』, 혜안, 2000.

삼품창영 저, 이원호 역, 『신라 화랑의 연구』, 집문당, 1995..

송호정·여호규·임기환·김창석·김종복, 『한국 고대사 1·고대 국가의 성립과 전개』, 푸른역사, 2018.

신형식, 『고구려사』, 이화여자대학교 출판부, 2003.

신형식, 『신라사』, 이화여자대학교 출판부, 1993.

신형식, 『한국의 고대사』, 삼영사, 2002.

엄광용, 『생동하는 고구려사』, 역사산책, 2019.

윤세영, 『문헌 사료로 본 삼국시대 사회 생활사』, 서경문화사, 2007.

이기동, 『신라 골품제 사회와 화랑도』, 한국연구원, 1980.

이기동, 『백제사 연구』, 일조각, 1998.

이기백, 『신라 사상사 연구』, 일조각, 1994.

이기백, 『신라 정치사회사 연구』, 일조각, 1974.

이기백·이기동, 『한국사 강좌 I·고대편』, 일조각, 1992.

이도학, 『새로 쓴 백제사』, 푸른 역사, 1997.

이인철, 『신라 정치제도사 연구』, 일지사, 1993.

이종욱, 『신라의 역사』 1·2, 김영사, 2002.

이지린·강인숙, 『고구려 역사』, 사회과학출판사(논장 번각), 1988.

천관우, 『인물로 본 한국고대사』, 정음문화사, 1982.

최광식, 『한국고대의 국가와 제사』. 한길사, 1995.

최몽룡·심정보, 『백제사의 이해』. 학연문화사, 1991.

한국고대사학회, 『우리 시대의 한국 고대사』 1·2, 주류성, 2017